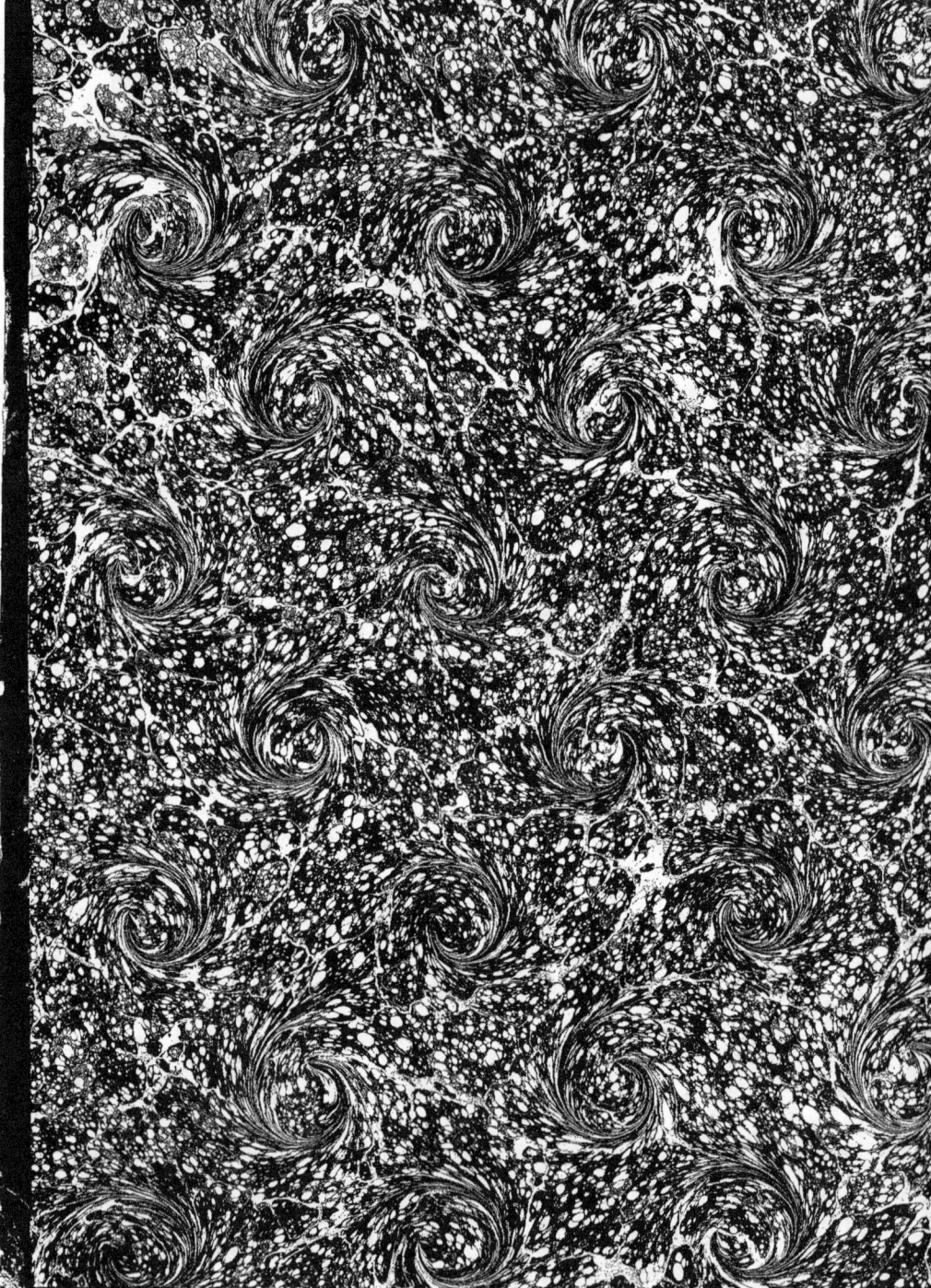

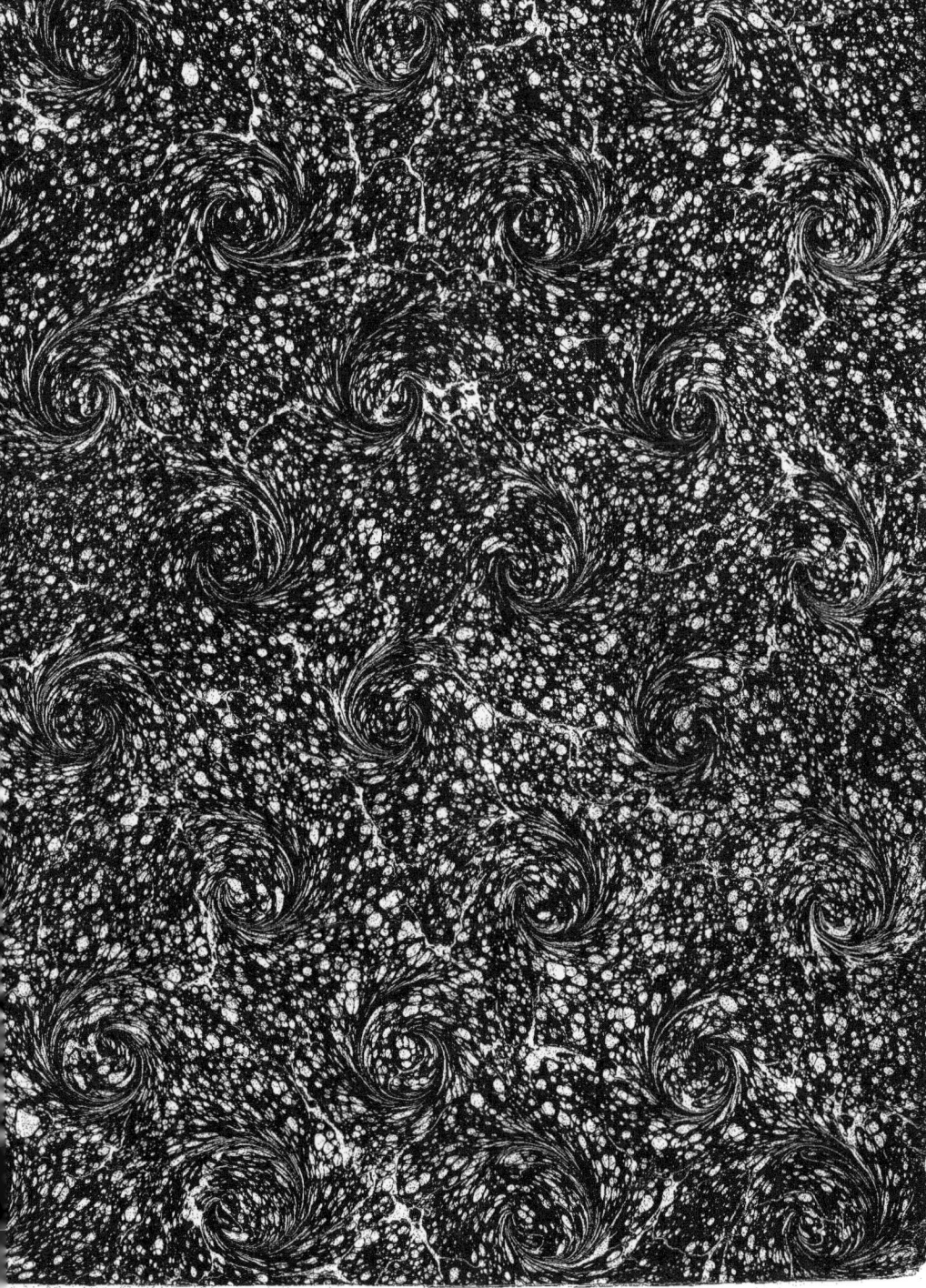

11

DAPHNIS

ET

CHLOÉ.

LES AMOURS

PASTORALES

DE DAPHNIS

ET

DE CHLOÉ,

TRADUITES DU GREC DE LONGUS

PAR AMYOT.

A PARIS,

DE L'IMPRIMERIE DE P. DIDOT L'AÎNÉ,

AU PALAIS DES SCIENCES ET ARTS.

AN VIII. M. DCCC.

PRÉFACE

DE LONGUS.

Estant un jour à la chasse en l'isle de Mételin, dedans le parc qui est sacré aux Nymphes, j'y veis une des plus belles choses que je sçache jamais avoir veues; c'estoit une peincture d'une histoire d'amour. Le parc de soi-mesme estoit bien beau, aussi planté de force arbres, semé de fleurs, et arrousé d'une fraische fonteine, qui nourrissoit et les arbres et les fleurs : mais la peincture estoit encore plus plaisante que tout le reste, tant pour la nouveauté du subject, dont l'adventure estoit mer=veilleuse, que pour l'artifice et l'ex=cellence de la peincture amoureuse; tellement que plusieurs passants, qui en avoient ouï parler, alloient visiter le parc, non moins pour veoir ceste peincture, que pour faire priere aux Nymphes.

On y voyoit des femmes grosses qui accouchoient, et d'aultres qui enveloppoient de langes leurs en=fants; de petits poupards en maillot exposés à la merci de Fortune, des bestes qui les nourrissoient; des pas=teurs qui les enlevoient; une com=paignie de jeunes gens qui s'alloient

esbattre aux champs ; des coursai=
res qui escumoient les costes de la
mer ; des ennemis qui couroient le
pays ; avec plusieurs aultres choses,
et toutes amoureuses : lesquelles je
regardai en si grand plaisir, et les
treuvai si belles, qu'il me print en=
vie de les coucher par escrit.

Si cherchai quelqu'un qui me les
donnast à entendre par le menu. Et
ayant le tout particulierement en=
tendu, en composai quatre livres,
que maintenant je dédie comme une
offrande à Amour, aux Nymphes, et
à Pan ; espérant que le conte en sera
plaisant et agréable à plusieurs ma=
nieres de gens ; pourcequ'il pourra

servir à guérir le malade, consoler le dolent; remettra en mémoire de ses amours celui qui aura esté aultre= fois amoureux, et instruira celui qui ne l'aura encore point esté : car il ne fut ni ne sera jamais homme qui du tout se puisse tenir d'aimer, tant qu'il y aura beauté au monde, et que les yeux auront puissance de regarder.

Mais Dieu veuille qu'en descri= vant les amours des aultres je n'en sois moi-mesme travaillé !

LES

AMOURS PASTORALES

DE DAPHNIS

ET

DE CHLOÉ.

~~~~~~~~~~~~~~~~~~~~~~~~~~~~~~~~~~~~~~~

LIVRE PREMIER.

———

Mitylene est une forte ville en l'isle de
Métellin, belle et grande, environnée d'un ca=
nal d'eau de mer qui flue tout alentour, sur
lequel y a plusieurs ponts de pierres blanches
et polies ; tellement qu'on diroit, à la veoir,
que c'est une isle, et non pas une ville.

Loing d'icelle, environ cinq quarts de lieue,
l'un des plus riches habitants avoit un fort bel
héritage ; car il y avoit des montaignes où se
nourrissoit grand nombre de bestes sauvages ,
des costeaux revestus de vignes, des plaines de
terres labourables à porter froument, et pas=
turage pour le bestail ; le tout estendu au long
de la marine, qui rendoit le lieu plus délicieux.

En ceste terre un chevrier nommé Lamon,
gardant son troupeau, treuva un petit enfant
que l'une de ses chevres allaictoit ; et voici la
maniere comment. Il y avoit un hallier fort
espais de ronces et d'espines, couvert tout alen=
tour de lierre, et au-dessoubs la terre feutrée
d'herbe desliée et menue, sur laquelle estoit
le petit enfant gisant. Là s'en couroit la chevre
ordinairement, de sorte que bien souvent l'on
ne sçavoit qu'elle devenoit ; et abandonnant son
petit chevreau, se tenoit auprès du petit enfant.

Lamon, ayant pitié du pauvre chevreau que
la mere abandonnoit en ce poinct, prit garde

en quelle part elle s'en alloit ; et un jour, au
chauld du midi, la suivit à la trace, et veit
comme elle entroit dessoubs le hallier tout doul=
cement, comme si elle eust eu peur de blesser
avec ses ongles le petit enfant en entrant. L'en=
fant succoit le pis de la chevre ne plus ne moins
que s'il eust tetté la mammelle de sa mere
nourrice. Dequoi Lamon s'esbahissant, ainsi
que l'on peut penser, s'approcha de plus près,
et treuva que c'estoit un enfant masle, grand
pour son aage, et beau à merveilles, plus ri=
chement emmaillotté que ne portoit sa fortune,
estant ainsi misérablement exposé et aban=
donné à l'adventure : car il estoit enveloppé
d'un riche manteau de pourpre, qui se fermoit
au collet avec une boucle d'or, et auprès y avoit
une petite espée dorée, ayant le manche d'ivoire.

Si fut de prime face entre deux d'emporter
seulement ces enseignes de recognoissance,
sans aultrement se soucier de l'enfant : mais,
y ayant un peu pensé, il eut honte de ne se

monstrer pour le moins aussi charitable et hu=
main que sa chevre; de sorte que quand la nuict
fut venue il enleva le tout, et porta à sa femme,
qui avoit nom Myrtale, les joyaux, l'enfant et
la chevre.

Sa femme, toute estonnée, lui demanda s'il
estoit possible que les chevres portassent de
tels enfants. Et son mari lui conta tout; com=
ment il avoit treuvé l'enfant abandonné, com=
ment la chevre lui donnoit son pis à tetter, et
comment il avoit eu honte de le laisser périr.
Myrtale fut bien d'advis qu'il ne l'avoit pas deu
faire : ainsi estant tous deux d'accord de l'es=
lever, ils serrerent les joyaux et enseignes de
recognoissance que l'on avoit exposés avec l'en=
fant, dirent par-tout qu'il est à eux, et le fei=
rent allaicter à la chevre; et afin que le nom
mesme sentist mieux son pasteur, l'appellerent
Daphnis.

De là à deux ans, un berger demourant non
gueres loing de là, qui avoit nom Dryas, en gar=

dant ses moutons, veit aussi une toute pareille chose, et treuva une semblable adventure.

Il y avoit en ce quartier-là une caverne que l'on nommoit la Caverne des Nymphes, qui estoit une grande et grosse roche, creuse par le dedans, et toute ronde par dehors, au-de= dans de laquelle il y avoit des images et statues des Nymphes, taillées de pierre, les pieds sans chaussure, les bras tout nuds et reboursés jus= ques aux espaules, les cheveux espars au-des= soubs du col sans tresses, ceintes sur les reins, toutes ayant le visage riant, et la contenance telle comme si elles eussent ballé ensemble. Le dessus, pour mieux dire la voulte de ceste caverne, estoit le meilieu de la roche, au fond de laquelle sourdoit une fonteine, qui faisoit un ruisseau, dont estoit arrousé le beau pré verdoyant. Au-devant de la caverne, où l'hu= meur de la fonteine nourrissoit la belle herbe menue et délicate, là estoient attachés et pen= dus force pots à traire les bestes, force flustes,

flageolets et chalumeaux, que les anciens ber=
gers y avoient donnés pour offrandes.

En ceste caverne des Nymphes, une brebis
ayant nagueres aignelé alloit et venoit si sou=
vent, que le berger mesme cuida plusieurs fois
qu'elle se fust perdue; et à ceste cause la vou=
lant chastier afin qu'elle demourast par après
au troupeau, paissant avec les aultres sans plus
s'escarter ni esgarer comme elle faisoit ordinai=
rement, il feit un collet d'une verge de franc
osier, en maniere de laqs courant, et s'appro=
cha de la caverne, pour y surprendre sa brebis.
Mais quand il fut auprès, il y treuva bien aultre
chose qu'il n'avoit espéré; car il veit la brebis
qui donnoit à tetter son pis à un petit enfant,
aussi gentillement et aussi doulcement que
sçauroit faire une nourrice. Le petit enfant
sans crier prenoit, de grand appétit, puis l'un
puis l'aultre bout du pis de la brebis, avec sa
petite bouche, qui estoit belle et nette, pource=
que la brebis lui lechoit le visage avec sa lan=

gue, après qu'estoit saoul de tetter. L'enfant
estoit une fille, avec laquelle avoient esté ex=
posées quelques bagues et enseignes pour pou=
voir la recognoistre à l'advenir; c'est à sçavoir
une coëffe d'or, des patins dorés, et des chaus=
ses brodées d'or.

Dryas, estimant ceste rencontre estre chose
advenue par expresse disposition des Dieux, et
quand et quand ayant appris de sa brebis qu'il
en devoit avoir pitié, enleva l'enfant entre ses
bras, serra les bagues dedans un bissac, et feit
prieres aux Nymphes qu'à bonne heure peust=
il eslever et nourrir le pauvre enfant, qui,
comme implorant leur aide et merci, avoit esté
jetté à leurs pieds. Puis quand l'heure fut ve=
nue de remener son troupeau au tect, retour=
nant au lieu de sa demourance champestre,
conta à sa femme ce qu'il avoit veu, et lui
monstra ce qu'il avoit treuvé, en lui comman=
dant qu'elle teinst de là en avant l'enfant pour
sa fille naturelle, et que secrettement elle la

nourrist comme sienne. Parquoi la bergere,
qui avoit nom Napé, devint incontinent mere
d'affection, et commença à aimer et traitter l'en=
fant avec telle diligence et telle sollicitude, qu'il
sembloit proprement qu'elle eust peur que la
brebis n'emportast le prix de doulceur et de
benignité devant elle : et afin que plus facile=
ment on creust que l'enfant fust sienne, elle lui
donna aussi un nom pastoral, et la nomma
Chloé.

Ces deux enfants en peu de temps devindrent
grands, et monstroient bien, à leur gentillesse
et beauté, qu'ils n'estoient point issus de gens
de village ne de paysans. Et sur le poinct que
l'un fut parvenu à l'aage de quinze ans, et l'aultre
de deux moins, Lamon et Dryas en une mesme
nuict songerent tous deux un tel songe. Il leur
fut advis que les Nymphes (dont les statues
estoient en la caverne où il y avoit une fon=
teine, et où Dryas avoit treuvé la fille) livroient
Daphnis et Chloé entre les mains d'un jeune

garsonnet, fort gentil et beau à merveilles, le=
quel avoit des ailes aux espaules, et portoit de
petites flesches, avec un petit arc; et que ce
jeune garsonnet, les touchant tous deux d'une
mesme flesche, commanda à l'un paistre de là
en avant les chevres, et à l'aultre les brebis.

　Les pasteurs, ayant tous deux eu ceste vision
en dormant, furent bien marris de ce que leurs
nourrissons estoient aussi-bien comme eux
destinés à garder les bestes, et mesmement
pourceque les marques de recognoissance qu'ils
avoient treuvées exposées quand et eux, leur
avoient promis quelque bien plus grand estat
et fortune bien plus éminente : à l'occasion de
quoi ils les avoient jusques-là nourris plus dé=
licatement que l'on ne faict les enfants des ber=
gers, et leur avoient faict apprendre les lettres
et tout le bien et l'honneur qu'ils avoient peu
en un lieu champestre : mais toutefois ils desli=
bererent d'obéir aux Dieux touchant l'estat de
ceux qui par leur providence avoient esté saul=

vés. Et après avoir communiqué leurs songes
ensemble, et sacrifié en la caverne des Nym=
phes à ce jeune garsonnet qui avoit des ailes
aux espaules (car ils n'en eussent sceu dire le
nom), les envoyerent tous deux aux champs
garder les bestes, leur enseignant particuliere=
ment toutes choses nécessaires à l'estat de pas=
teur; comment il faut faire paistre les bestes
avant midi, et comment après que le chauld est
passé; à quelle heure il les faut remener au
tect; à quoi faire il est besoing user de la hou=
lette, et à quoi de la voix seulement.

Ces deux jeunes enfants receurent ceste
charge aussi volontiers et avec autant de plaisir
comme si c'eust esté quelque grande seigneu=
rie, et aimoient leurs chevres et brebis trop
plus affectueusement que n'est la coustume des
bergers; elle, pourcequ'elle se sentoit tenue de
sa vie à la brebis qui l'avoit allaictée; et lui,
pourcequ'il se souvenoit qu'une chevre l'avoit
nourri.

Or estoit-il lors environ le commencement
du printemps, que toutes fleurs sont en vi=
gueur, celles des bois, celles des prés, et celles
des montaignes; aussi jà commençoient les
abeilles à bourdonner, les oiseaux à rossigno=
ler, et les aigneaux à saulter; les petits mou=
tons bondissoient par les montaignes, les mou=
ches à miel murmuroient par les prairies, et les
oiseaux faisoient resonner les buissons de leurs
chants : ainsi ces deux jeunes et délicates per=
sonnes, voyant que toutes choses faisoient bien
leur devoir de s'esgayer à la saison nouvelle, se
mirent pareillement à imiter ce qu'ils voyoient
et qu'ils oyoient aussi; car oyant chanter les
oiseaux, ils chantoient; voyant saulter les ai=
gneaux, ils saultoient; et, comme les abeilles,
alloient cueillant des fleurs, dont ils jettoient
une partie en leurs seins, et de l'aultre faisoient
de petits chapelets qu'ils portoient aux Nym=
phes; et faisoient toutes choses ensemble, pais=
sant leurs troupeaux l'un auprès de l'aultre.

Souventefois Daphnis alloit faire revenir les brebis qui s'estoient un peu trop loing escar= tées du troupeau ; et souventefois Chloé faisoit descendre les chevres trop hardies, estant mon= tées au plus hault de quelques rochers droicts et couppus : quelquefois l'un tout seul gardoit les deux troupeaux ensemble, pendant que l'aultre vacquoit à quelque jeu.

Leurs jeux estoient jeux de bergers et d'en= fants : car elle alloit quelque part cueillir des joncs, dont elle faisoit un coffin à mettre des cigales, et ce pendant ne se soucioit aucune= ment de son troupeau ; lui, d'aultre costé, alloit couper des rouseaux, et en pertuisoit les joinc= tures, puis les recolloit ensemble avec de la cire mollè, et apprenoit à en jouer bien souvent jus= ques à la nuict : quelquefois ils s'entredon= noient du laict ou du vin, et s'entrecommuni= quoient les aultres vivres qu'ils avoient appor= tés de la maison. Brief, on eust plustost veu les brebis ou les chevres toutes escartées les unes des aultres, que Daphnis esloingné de Chloé.

Ainsi, comme ils estoient occupés à tels jeux,
Amour leur dressa à bon escient une telle em=
busche. Il y avoit assez près de là une louve,
laquelle, ayant nagueres louveté, ravissoit sou=
vent des aultres troupeaux de la proie à foison,
dont elle nourrissoit ses petits louveteaux : par=
quoi les paysans du prochain village faisoient
la nuict des fosses et pieges de quatre brassées
de largeur et autant de profondeur, et espan=
doient au loing la plus grande partie de la terre
qu'ils en avoient tirée, puis les couvroient avec
des verges longues et gresles, et semoient par=
dessus le demourant de la terre, à celle fin que
la place semblast toute plaine et unie comme
devant; en maniere que s'il n'eust passé par=
dessus qu'un lievre seulement en courant, il
eust rompu les verges qui estoient par maniere
de dire plus foibles que brins de paille, et lors
eust-on bien veu que ce n'estoit point terre
ferme, mais une feincte seulement. Ayant faict

plusieurs telles fosses en la montaigne et en la plaine, ils ne peurent néantmoins prendre la louve, car elle s'apperceut bien de leur ruse; mais tuerent plusieurs chevres et plusieurs bre= bis, et presque Daphnis lui-mesme, par tel in= convénient.

Deux boucs de son troupeau s'eschaufferent tellement à combattre l'un contre l'aultre, et se heurterent si rudement, que la corne de l'un fut rompue; de quoi sentant grande douleur celui qui estoit escorné, se mit en bramant à fuir, et le victorieux à le poursuivre, sans lui donner loisir de reprendre son haleine. Da= phnis fut fort marri de veoir l'un de ses boucs ainsi mutilé de sa corne; et, courroucé contre la fierté de l'aultre qui encore estoit si aspre à le poursuivre après l'avoir battu, si prend un baston en son poing, et sa houlette à l'aultre, et s'en court après ce poursuivant. Ainsi le bouc fuyant les coups, et Daphnis le poursui= vant en courroux, ne regarderent pas bien ne

l'un ne l'aultre devant eux; car ils tomberent
tous deux dedans l'un de ces pieges, le bouc le
premier, et Daphnis après; ce qui lui saulva
la vie, pourceque le bouc soustint sa cheute.
Mais se voyant tombé en ceste fosse, il ne peut
faire aultre chose que se prendre à plorer en
attendant si quelqu'un viendroit point pour l'en
retirer.

Chloé, ayant de loing veu son accident, y ac=
courut soudainement; et, voyant que Daphnis
estoit en vie, s'en alla vistement appeller un
bouvier de là auprès pour lui aider à le mettre
hors de ceste fosse. Le bouvier chercha par=
tout une corde qui fust assez longue pour lui
tendre, mais il n'en peut finer; parquoi Chloé
deslia le cordon dont les tresses de ses cheveux
estoient liées, et le donna au bouvier pour en
tendre un des bouts à Daphnis : ainsi firent-ils
tant, eux deux ensemble, en tirant de dessus
le bord de la fosse, et lui en s'aidant de son
costé le mieulx qu'il pouvoit, que finalement ils

le mirent hors du piege. Puis, après avoir tiré
le bouc, dont les cornes en tombant s'estoient
brisées, tant le bouc vaincu avoit esté prompte=
ment vengé, ils le donnerent au bouvier pour
sa récompense. Si convinrent entre eux que si
on leur demandoit à la maison ce qu'il estoit
devenu, ils diroient que le loup l'avoit enlevé.

Ils retournerent ensuite vers leurs troupeaux;
et les ayant treuvés paissants tranquillement,
ils s'assirent sur un tronc de chesne, et regar=
derent si en tombant il ne s'estoit point blessé
en quelque endroit du corps. N'y ayant rien veu
de blessé ne de meurdri, ains estant seulement
tout couvert de terre et de boue, Daphnis ré=
solut de se laver, avant que Lamon et Myrtale
sceussent ce qui lui estoit arrivé. Venant donc=
ques avec Chloé dans l'antre des Nymphes, il
lui donna sa pannetiere et son sayon à garder.

.   .   .   .

.   .   .   .

Daphnis alloit ainsi devisant et parlant puéri=

lement en lui-mesme : Dea! que me fera le
baiser de Chloé? Ses levres sont plus tendres
que roses, sa bouche et son haleine plus doulces
qu'une gaufre à miel; et toutefois son baiser
est plus piquant que l'aiguillon d'une abeille!
J'ai souvent baisé de petits chevreaux qui ne
faisoient encore que naistre, et le petit veau que
Dorcon m'a donné : mais ce baiser ici est tout
aultre chose; le pouls m'en bat, le cœur m'en
tressault, mon ame en languit; et néantmoins
je desire la baiser de rechef. Ô mauvaise vic=
toire! ô estrange mal dont je ne sçaurois dire
le nom! Chloé n'avoit–elle point gousté de quel=
ques poisons avant que de me baiser? Mais com=
ment n'en est-elle point morte? Oh! comment!
les harondelles chantent, et ma fluste ne dit
mot! comment! les chevreaux saultent, et je suis
assis! comment! toutes fleurs sont en vigueur, et
je n'en fais point de bouquets ni de chapelets! la
violette et le muguet florissent, Daphnis se fene!
Dorcon à la fin paroistra plus beau que moi.

Voilà comment le pauvre Daphnis se pas=
sionnoit, et les paroles qu'il disoit, comme celui
qui lors premier expérimentoit les estincelles
d'amour.

Mais le bouvier Dorcon, amoureux de Chloé,
ayant treuvé l'occasion que Dryas plantoit un
arbre assez près de lui, et estant son ami de
long-temps, dès l'aage que lui-mesme gardoit
les bestes aux champs, lui feit présent de beaux
fromages gras; et, commençant à entrer en pro=
pos par leur ancienne cognoissance, feit tant
qu'il tomba sur les termes du mariage de Chloé,
lui offrant par promesse plusieurs beaux et ri=
ches dons pour un bouvier, s'il la lui vouloit
donner à femme. Ses offres estoient une paire de
bœufs à labourer la terre, quatre ruches d'abeil=
les, cinquante pommiers, un cuir de bœuf
à semeler souliers, et par chacun an un veau
qui seroit prest à sevrer : tellement que Dryas,
alleché par la friandise de tant de beaux pré=
sents, lui cuida presque accorder le mariage :

mais, quand il vint puis après à penser en lui=
mesme que la fille estoit digne de bien plus
grand et plus riche parti, craignant que, si à
l'advenir elle venoit à estre recogneue, et que
ses parents sceussent que pour la friandise de
ces dons on l'eust mariée en si bas lieu, on ne
lui en voulust mal de mort, il refusa toutes ses
offres et ses dons, et l'esconduisit tout à plat,
en le priant de lui pardonner.

Par ainsi Dorcon, se voyant pour la deuxieme
fois frustré de son espérance, et encore qu'il
avoit pour néant perdu ses bons fromages gras,
deslibéra, puisque aultrement ne pouvoit, atten=
ter de jouir par force de Chloé, la premiere fois
qu'il la treuveroit seule à seul. Pour à quoi
parvenir il s'advisa qu'ils menoient l'un après
l'aultre boire leurs bestes, Chloé un jour et
Daphnis un aultre : à l'occasion de quoi il ima=
gina une finesse qui estoit merveilleusement
sortable et convenable à un gros bouvier comme
lui.

Il print la peau d'un grand loup qu'un sien taureau, en combattant pour la garde et def= fence des vaches, avoit tué avec ses cornes, et l'estendit sur son dos, si bien que les pieds de devant lui tomboient jusques sur les mains, et ceux de derriere lui pendoient sur les cuisses jusques aux talons, et la hure lui couvroit la teste, ne plus ne moins que faict le cabasset à un homme de guerre. S'estant ainsi desguisé en loup le mieulx qu'il avoit peu, il s'en vint droict à la fonteine en laquelle beuvoient les chevres et les brebis après qu'elles avoient assez pas= turé. Or estoit ceste fonteine en une vallée assez creuse, et toute la place à l'environ pleine de ronces, d'espines poignantes, de chardons et de bas genevriers, tellement qu'un vrai loup s'y fust bien aisément caché. Dorcon se fourra léans entre ces espines, attendant l'heure que les bestes vinssent boire ; et avoit bonne es= pérance qu'il espouvanteroit Chloé avec ceste peau de loup, et qu'il la saisiroit au corps entre ses deux bras, pour en faire à son plaisir.

Tantost après arriva Chloé qui amenoit ses
bestes boire, ayant laissé Daphnis qui coupoit
de la plus tendre ramée verte pour donner à
broutter aux chevreaux après qu'ils seroient
retournés de pasture. Les chiens qui leur ai=
doient à garder leurs brebis et leurs chevres
suivoient le troupeau ; et comme naturelle=
ment ils chassent mettant le nez par-tout, ils
le sentirent remuer, et se prindrent à abbayer,
se ruerent sur lui comme sur un loup ; et
l'environnant de tous costés, sans qu'il s'osast
dresser sur ses pieds , tant il avoit de peur,
commencerent à le mordre de toute leur puis=
sance. Or jusques-là craignant et ayant honte
d'estre descouvert, et davantage estant deffendu
de la peau de loup qui le couvroit, il se te=
noit tapi contre terre dedans le hallier sans
dire mot ; mais quand Chloé, effroyée de prime
face de le veoir, se print à appeller Daphnis
à son aide, et que les chiens, lui ayant arraché

la peau de loup de dessus les espaules, com=
mencerent à le mordre lui-mesme à bon es=
cient, il se print adonc à crier à haulte voix,
et à prier Chloé, et Daphnis qui jà estoit sur=
venu, de lui vouloir estre en aide : ce qu'ils fei=
rent, et avec leur sifflement accoustumé eurent
incontinent appaisé les chiens ; puis amene=
rent le malheureux Dorcon, qui avoit esté
mords et aux cuisses et aux espaules, à la fon=
teine, et lui laverent ses blessures, où les dents
des chiens l'avoient atteint ; puis lui mirent
dessus de l'escorce verte d'orme maschée,
estant tous deux si peu rusés, et si peu expé=
rimentés aux hardies entreprinses d'amour,
qu'ils estimerent que ceste embusche de Dor=
con avec sa peau de loup ne fust que jeu seu=
lement ; au moyen de quoi ils ne se courrou=
cerent point à lui, ains le reconforterent et le
reconvoyerent quelque espace de chemin, en
le menant par la main. Et lui, qui avoit esté
en si grand danger de sa personne, et que l'on

avoit recous de la gueule, non du loup, comme
l'on dit communément, mais des chiens, s'en
alla faire panser les morsures qu'il avoit par
tout le corps.

D'aultre costé Daphnis et Chloé eurent bien
de la peine jusques à la nuict à rassembler
leurs chevres et brebis, lesquelles, effroyées
pour la peau du loup, et quand et quand esper=
dues et effarouchées d'ouïr si fort abbayer les
chiens, estoient les unes montées jusques à la
cime des plus haults rochers, les aultres cou=
rues jusques à la mer, combien qu'elles fus=
sent au demourant bien apprinses d'obéir à
l'appeau de leurs pasteurs, de se ranger au son
du flageolet, et de s'amasser ensemble en
oyant seulement battre des mains; mais la peur
leur avoit adonc faict tout oublier. Et après
les avoir donc suivies et retreuvées à la trace,
comme on faict les lievres, les remenerent, à
bien grande peine, toutes au tect: puis s'en
allerent eux-mesmes reposer, où ils dormirent

ceste seule nuict de bon sommeil ; car le tra=
vail qu'ils avoient prins le soir précédent leur
servit de médecine contre leur mésaise d'a=
mour.

Mais, quand le jour fut revenu, ils commen=
cerent de rechef à estre passionnés comme de=
vant; ils tressailloient de joie quand ils s'entre=
revoyoient, et estoient bien ennuyés et marris
quand il falloit qu'ils s'entre-laissassent. Ce
qu'ils souhaittoient les inquiétoit, et ils ne sça=
voient ce qu'ils souhaittoient; cela seulement
sçavoient-ils bien, l'un, que son mal estoit
venu d'un baiser, et l'aultre, d'un baigner.

Oultre ce, la saison de l'année les enflam=
moit encore davantage; car il estoit jà environ
la fin du printemps et le commencement de
l'esté; et estoient toutes choses en vigueur, les
arbres chargés de fruicts, les champs couverts
de bleds; les cigales chantoient; les fruicts ren=
doient une très délicate et soefve odeur; le
beslement des brebis estoit gracieux; l'on eust

dict que les fonteines, ruisseaux et rivieres,
convioient les gens à se baigner, que les vents
estoient orgues ou flustes, tant ils souspiroient
doulcement à travers les branches des pins; on
eust dict que les pommes amoureuses se lais=
soient d'elles-mesmes tomber par terre, et que
le soleil, prenant plaisir à veoir de belles per=
sonnes nues, faisoit chacun despouiller. Au
moyen de quoi Daphnis estant de toutes parts
eschauffé se jettoit dedans les rivieres, et tan=
tost se lavoit, tantost s'esbattoit à chasser, à
prendre les poissons qui s'enfuyoient au fond
de l'eau, et souventefois beuvoit pour veoir si
avec l'eau il pourroit esteindre l'ardeur qu'il
sentoit en son cœur.

Mais Chloé, après avoir tiré les brebis et la
pluspart des chevres, demouroit encore long=
temps à faire prendre le laict; car il falloit
qu'elle eust le soing de chasser les mouches
qui fort la molestoient, et la picquoient quand
elle les chassoit : cela faict, elle se lavoit le

4

visage, et mettoit dessus sa teste un chapelet
des plus tendres branchettes de pin, se vestissoit
d'une peau de cerf qu'elle ceignoit dessus ses
reins, et emplissoit un pot de vin et un aultre
de laict pour boire avec Daphnis.

Puis quand ce venoit sur le midi, adonc
estoient-ils tous deux plus ardemment espris que
jamais, pourceque Chloé, voyant en Daphnis
entierement nud une beauté de tous poincts
accomplie, se fondoit et se distilloit d'amour,
considérant qu'il n'y avoit en toute sa personne
chose quelconque à redire; et lui d'aultre costé,
la voyant couverte de ceste peau de cerf, avec
le beau chapelet de pin sur la teste, lui ten=
dant son pot à laict, cuidoit veoir l'une des
Nymphes propres qui estoient dans la caverne:
si accouroit incontinent, et lui ostant le cha=
pelet qu'elle avoit sur sa teste, après l'avoir bai=
sé, le mettoit dessus la sienne; et elle, pendant
qu'il se baignoit tout nud, prenoit sa robe et se
la vestissoit, en la baisant aussi premierement.

Tantost ils s'entre-jettoient des pommes l'un
à l'aultre, tantost ils s'entre-peignoient et mi=
partissoient leurs cheveux en greve; disant
Chloé que les cheveux de Daphnis ressem=
bloient aux grains de myrte, pourcequ'ils
estoient noirs; et Daphnis accomparant le
visage de Chloé à une belle pomme, pource=
qu'il estoit blanc et vermeil. Parmi aucunes fois
il lui monstroit à jouer de la fluste; puis quand
elle commençoit à souffler dedans, il la lui
ostoit des mains, pour toucher de la langue et
des levres là où elle avoit touché des siennes,
et faisoit semblant de lui vouloir enseigner où
elle avoit failli, pour avoir occasion de la bai=
ser à demi, en baisant la fluste où elle avoit
touché.

Ainsi comme ils estoient après à en sonner
joyeusement sur la chaleur du midi, pendant
que leurs troupeaux estoient tapis à l'ombre,
Chloé ne se donna garde qu'elle fust endor=
mie : ce que Daphnis appercevant, posa tout

beau sa fluste pour regarder à son aise par-tout
et son saoul, comme celui qui n'avoit alors
honte de personne, et disoit à part lui ces pa=
roles tout bas : Ô comme ces beaux yeux dor=
ment soefvement ! que son haleine sent bon !
les pommiers ni les aubespines fleuries n'ont
point la senteur si doulce. Mais pourtant je ne
l'oserois baiser ; car son baiser picque et perce
jusques au cœur, et fait devenir les gens fous,
comme le miel nouveau : davantage j'ai peur de
l'esveiller si je la baise. Oh ! que ces cigales font
de bruit ! elles ne la laisseront jà dormir, si
hault elles crient. Et d'aultre costé ces bouc=
quins ici ne cesseront aujourd'hui de s'entre=
heurter avec leurs cornes. Ô loups plus couards
que renards ! où estes-vous à ceste heure, que
vous ne les venez happer ?

Ainsi que Daphnis estoit en ces termes, une
cigale, poursuivie par une harondelle, se vint
jetter en sauve-garde dedans le sein de Chloé ;
au moyen de quoi l'harondelle ne la peut pren=

P. P. Prudhon, inv. del.   B. Roger, Sculp.

dre, ni ne peut aussi retenir la roideur de son
vol, qu'elle n'approchast si près du visage de
Chloé, qu'avec l'une de ses ailes elle ne lui tou=
chast la joue, dont Chloé s'esveilla en sour=
sault : et pourcequ'elle ne sçavoit que c'estoit,
s'escria bien hault ; mais quand elle eut veu
l'harondelle volletant encore alentour d'elle,
et Daphnis se riant de sa peur, elle s'asseura, et
frotta ses yeux qui avoient encore envie de dor=
mir. La cigale se print à chanter encore entre
les tettins mesmes de la gente pastourelle,
comme si avec son chant elle lui eust voulu
rendre graces de son salut : à l'occasion de quoi
Chloé, ne sçachant que c'estoit, s'escria de re=
chef bien fort ; et Daphnis s'en print aussi de
rechef à rire ; et usant de ceste occasion, lui
mit la main bien avant dans le sein, dont il
tira la gentille cigale, qui ne se pouvoit en=
core taire, quoiqu'il la tinst dedans la main.
Chloé fut bien aise de la veoir, et, l'ayant baisée,
la remit chantant de rechef dans son sein.

Une aultre fois ils ouïrent du bois prochain
chanter un ramier, au chant duquel Chloé
ayant prins plaisir, demanda à Daphnis que
c'estoit qu'il disoit; et Daphnis raconta ce que
l'on en dit communément. « Ma mie, dit-il,
« au temps passé y avoit une jeune garse belle
« et jolie, en fleur d'aage comme toi; elle gar=
« doit les vaches, et chantoit fort plaisamment :
« ses vaches prenoient si grand plaisir à l'ouïr
« chanter, qu'elle les gouvernoit au son de sa
« voix seulement, sans jamais leur donner coup
« de houlette, ne picqueure d'esguillon. Estant
« assise à l'ombre de quelque beau pin, la teste
« couronnée de feuillage de l'arbre, elle chan=
« toit tousjours quelque chanson à la louenge de
« Pan; dont ses vaches estoient si áises, qu'elles
« ne s'esloingnoient jamais si loing d'elle, qu'elles
« ne peussent bien ouïr le son de sa voix. Or
« y avoit-il auprès de là un jeune garson qui
« gardoit des bœufs; il estoit beau, et chantoit
« bien aussi : un jour, pour monstrer qu'il sça=

« voit autant de chanter comme elle, il se mit
« à chanter plus fortement qu'elle, comme es=
« tant masle, et si mélodieusement qu'il attira
« à lui huict des plus belles vaches qu'elle eust
« en son troupeau, et les feit venir au sien. De
« quoi la pauvre garse fut si desplaisante, en
« partie pour veoir son troupeau diminué, et
« en partie pour avoir esté vaincue au chanter,
« qu'elle feit prieres aux Dieux de la muer en
« un oiseau, plustost que de retourner ainsi à
« la maison. Les Dieux lui accorderent sa de=
« mande, et en feirent un oiseau de montaigne,
« qui aime à chanter comme elle faisoit quand
« elle estoit fille; et encore aujourd'hui en chan=
« tant se plaint-elle de sa desconvenue, et va
« disant qu'elle cherche ses vaches esgarées. »

Tels estoient les plaisirs que l'esté leur don=
noit; mais quand l'arriere-saison de l'automne
fut venue, que le raisin fut meur et prest à ven=
danger, certains coursaires de la ville de Tyr,
ayant une fuste du pays de Carie, à celle fin

peut-estre que l'on ne pensast que ce fussent barbares, vindrent aborder en ceste coste, et, descendant en terre avec leurs brigandines et espées, pillerent tout ce qu'ils peurent treuver aux champs, comme force bon vin, force grains, force miel estant encore avec la cire, et mesme emmenerent quelques bœufs et vaches du trou= peau de Dorcon.

Or en courant ainsi çà et là ils rencontrerent de male adventure Daphnis qui s'alloit esbat= tant le long du rivage de la mer; car Chloé, comme simple fille, qui craignoit que les aul= tres pasteurs ne lui feissent peut-estre quelque violence, ne partoit si matin du logis, et ne me= noit pas sitost les brebis de Dryas aux champs. Les coursaires, voyant ce jeune garson grand et beau, et de plus de valleur que tout ce qu'ils eussent peu davantage ravir par les champs, ne s'amuserent plus ne à poursuivre les chevres, ne à chercher où desrober aultre chose par la campagne, ains l'entraisnerent dedans leur

fuste, plorant, et ne sçachant que faire, sinon
qu'il appelloit à haulte voix Chloé tant qu'il
pouvoit crier.

Or ne faisoient-ils gueres que remonter en
leur vaisseau, et prendre les rames ès mains
pour voguer, quand Chloé entra avec son trou=
peau de brebis, apportant une nouvelle fluste
à Daphnis; et voyant toutes les chevres esper=
dues et escartées çà et là, oyant davantage sa
voix, qu'il l'appelloit tousjours de plus fort en
plus fort, elle abandonna ses brebis, jetta la
fluste, et s'en alla courant vers Dorcon pour
le prier de lui venir aider.

Mais elle le treuva couché par terre de son
long, tout destaillé de grands coups d'espées
que les brigands coursaires lui avoient donnés,
de sorte qu'à peine pouvoit-il plus respirer, tant
il perdoit de son sang. Et néantmoins, quand il
apperceut Chloé, la souvenance de son amour
le reschauffa et renforça un petit; si lui dit :
« Chloé ma mie, je m'en vais rendre l'ame

« bientost; car les meschants larrons coursaires
« m'ont descoupé comme un bœuf : mais si tu
« veulx, tu saulveras Daphnis, vengeras ma
« mort, et feras mourir ces meschants larrons
« meschamment. J'ai accoustumé mes vaches à
« suivre le son de ma fluste et de venir au chant
« d'icelle, encore qu'elles soient bien loing de
« moi; prends-la maintenant, et t'en va sur le
« bord de la mer jouer ceste chanson que j'ai,
« long-temps y a, monstrée à Daphnis, et que
« depuis Daphnis t'a enseignée; au demourant
« laisse faire la fluste, et mes bœufs et vaches
« qu'ils emmenent en leur vaisseau. Je te donne
« la fluste de laquelle j'ai aultrefois gaigné le
« prix contre plusieurs bouviers et bergers; et
« pour récompense, je te prie, baise-moi seule=
« ment pendant que j'ai encore un peu de vie;
« et, quand je serai trespassé, plore ma mort,
« et aie souvenance de moi, à tout le moins
« quand tu verras un vacher gardant ses bestes
« aux champs. »

Dorcon, ayant dict ces paroles, rendit aussi=
tost son esprit en la baisant; et Chloé, prenant
en main la fluste, la mit incontinent à sa bou=
che, et l'entonna le plus hault qu'elle peut.
Les vaches, qui l'entendirent, recognurent
aussitost le son de la fluste et la note de la
chanson, et toutes d'une secousse se jetterent
ensemble dedans la mer : et pourcequ'elles le
feirent tout-à-coup du mesme costé, et que par
leur cheute la mer s'entr'ouvrit, la fuste en
tourna sens dessus dessoubs, de maniere que
tous ceux qui estoient dedans se treuverent
plongés en la mer, mais non pas tous avec
mesme espérance de salut; car les coursaires
avoient tous leurs espées ceinctes à leurs costés,
et leurs brigandines faictes à escaille sur leurs
dos, avec les cuissots qui leur pendoient jus=
ques à mi-jambe : au contraire Daphnis estoit
tout deschaux, comme celui qui gardoit les
bestes aux champs, et presque tout nud au de=
mourant, pourceque c'estoit en esté, et qu'il

faisoit fort chauld. Parquoi les coursaires, après
avoir duré un peu de temps à nager, furent ti=
rés à fond et finalement noyés par la pesanteur
de leurs armes.

Daphnis, à l'opposite, despouilla facilement
si peu d'habillements qu'il avoit autour de lui;
et néantmoins encore se lassa-t-il de nager à
la fin, comme celui qui n'avoit accoustumé de
nager que dedans les rivieres : toutefois la né=
cessité lui enseigna ce qu'il avoit à faire en ce
cas; car il se jetta entre deux vaches, qui na=
geoient coste à coste l'une de l'aultre, et, se pre=
nant avec les deux mains à leurs cornes, fut
par elles porté sans peine quelconque, aussi à
son aise comme s'il eust esté dedans un chariot;
car le bœuf nage beaucoup mieulx et plus lon=
guement que ne fait l'homme, et n'y a bestes au
monde qui durent si long-temps à nager comme
il faict, si ce ne sont animaux aquatiques, et
encore poissons; tellement que jamais un bœuf
ne une vache ne se noyeroient, si les cornes

de leurs pieds ne s'amollissoient dans l'eau;
de quoi font foi plusieurs destroits en la mer,
qui jusques aujourd'hui sont appellés Bospho=
res, c'est-à-dire traject ou passage de bœuf.

Voilà comment Daphnis se saulva et es=
chappa, contre son espérance, de deux grands
dangers, l'un d'estre esclave de coursaires,
l'aultre d'estre noyé. Au sortir de la mer il
treuva Chloé sur la rive, plorant et riant tout
ensemble; si se jetta entre ses bras, et lui de=
manda pour quelle cause elle avoit ainsi joué
de la fluste. Chloé lui raconta tout du long
comme elle s'en estoit courue vers Dorcon,
comment les vaches avoient par lui esté ap=
prinses à suivre le son de la fluste, comment
il lui avoit conseillé d'en jouer, et comment il
estoit trespassé; seulement oublia-t-elle (de
honte) à dire comment elle l'avoit baisé.

Parquoi ils deslibérerent d'honorer la mé=
moire de celui qui leur avoit faict tant de bien,
et s'en allerent avec ses parents et amis inhumer

le corps du malheureux Dorcon, sur lequel ils
jetterent force terre, et planterent autour de
sa fosse plusieurs arbres, y pendirent chacun
quelque chose de leur mestier, et oultre y es=
pandirent du laict, et espreignirent des grappes
de raisin, et y casserent plusieurs flustes. Ses
vaches s'en prindrent à bramer piteusement,
et s'en coururent en mugissant çà et là, comme
bestes esgarées; ce que les aultres pasteurs in=
terpreterent estre le deuil que les pauvres bestes
menoient du trespas de leur maistre.

Après que Dorcon fut enterré, Chloé mena
Daphnis en la caverne des Nymphes, où elle
le nettoya; et quand et quand, pour la premiere
fois en présence de Daphnis, lava aussi son
beau corps d'elle-mesme, blanc et poli comme
albastre, et qui n'avoit que faire d'estre lavé
pour sembler beau : puis en cueillant ensemble
des fleurs que portoit la saison, en feirent des
chapeaux aux images des Nymphes, et atta=
cherent contre la roche la fluste de Dorcon

P. L. Prudhon, Inv. del.   B. Roger, Sculp.

pour offrande : puis cela faict retournerent vers
leurs chevres et brebis, lesquelles ils treuverent
toutes tapies contre la terre, sans paistre ni
besler, pour l'ennui et le regret qu'elles avoient,
ainsi qu'il est à présumer, de ne veoir plus ni
Daphnis ni Chloé. Mais aussitost qu'elles les
apperceurent, et qu'eux se prindrent à les siffler
comme de coustume, et à jouer du flageolet,
elles se leverent incontinent, et se prindrent à
pasturer comme devant, et les chevres à saul=
ter en beslant, comme si elles se fussent esjouies
d'avoir recouvré leur chevrier.

Mais quoi qu'il y eust, Daphnis ne se pouvoit
esjouir à bon escient depuis qu'il eut veu Chloé
toute nue, et sa beauté à descouvert; car il ne
l'avoit auparavant jamais veue : son cœur en
languissoit ne plus ne moins que s'il eust esté
atteinct et envenimé de quelque poison : son
pouls estoit aucunefois fort et hasté comme si
on l'eust chassé, et quelquefois foible et débile
comme si à la surprinse des coursaires il eust

perdu toute sa force ; et lui sembloit la fonteine où il avoit veu Chloé se laver, plus effroyable et plus redoutable que la mer. Brief il lui estoit advis que son ame estoit encore entre les bri= gands, tant il estoit en grande peine, comme un jeune garson nourri aux champs, qui n'avoit encore jamais expérimenté que c'est que du brigandage d'Amour.

LES

AMOURS PASTORALES

DE DAPHNIS

ET

DE CHLOÉ.

~~~~~~

LIVRE SECOND.

———

Estant jà l'automne en sa vigueur, et la sai=
son des vendanges venue, chacun aux champs
estoit en besongne à faire ses apprests : les
uns raccoustroient les pressouers, les aultres
racloient les tonneaux, les aultres faisoient
les hottes et penniers à porter la vendange, les
aultres esmouloient leurs serpettes et sarcleaux

6

pour vendanger, les aultres apprestoient la
meule pour fouler et briser les raisins, et les
aultres préparoient de l'osier sec, dont on avoit
osté l'escorce à force de le battre, pour en faire
des flambeaux à tirer et entonner le vin la nuict:
et à ceste cause Daphnis et Chloé, entremettant
aussi pour quelques jours la sollicitude de me=
ner leurs bestes aux champs, presterent l'un de
l'aultre ce temps pendant l'œuvre et labeur de
leurs mains.

Daphnis portoit la vendange dedans une
hotte, et la fouloit en la cuve, puis entonnoit
le vin dans les tonneaux : et Chloé, de l'aultre
costé, appareilloit à manger aux vendangeurs,
et leur portoit du vin vieil de l'année précé=
dente, puis se mettoit à vendanger aussi elle=
mesme les plus basses branches des vignes,
auxquelles elle pouvoit advenir; car les vignes
du vignoble de Mételin sont toutes basses, au
moins non eslevées sur arbres fort haults, tel=
lement que les branches en pendent jusques

contre terre, et s'estendent çà et là commé lierre, si qu'un enfant de mammelle (par maniere de dire) atteindroit aux grappes.

Et, comme la coustume est en telle feste du Dieu Bacchus, et à la naissance du vin, on avoit appellé des villages de là entour plusieurs femmes pour aider à faire les vendanges : les= quelles femmes jettoient toutes les yeux sur Daphnis; et en le louant disoient qu'il estoit aussi beau que Bacchus : et y en eut une, plus affectée que les aultres, qui le baisa. Daphnis en feit du courroucé, mais Chloé en fut à bon escient marrie.

D'aultre costé, les hommes qui estoient de= dans les cuves et pressouers jettoient à Chloé plusieurs paroles à la traverse, et saultoient après elle, comme feroient les Satyres autour de Bacchus, disant qu'ils seroient contents de devenir moutons, moyennant qu'une telle ber= gere les menast aux champs. Chloé en estoit bien aise, et Daphnis au contraire marri : telle=

ment que l'un et l'aultre desiroient que les ven=
danges passassent bientost, afin qu'ils peussent
retourner aux champs à la maniere accous=
tumée, et, au lieu des chants de ces vendan=
geurs, ouïr jouer de la fluste, ou plustost leurs
troupeaux besler. .

Dedans peu de jours les vendanges furent
achevées et le vin entonné, si qu'il ne fut plus
besoin d'en empescher tant de gens; au moyen
de quoi ils recommencerent à mener leurs
bestes aux champs comme devant, et allerent
à grande joie saluer les Nymphes, en leur por=
tant pour les premices des vendanges des mois=
sines de raisins pendus encore aux branches:
de quoi faire ils n'avoient par le passé jamais
esté paresseux; car, et le matin, dès que leurs
troupeaux commençoient à broutter, ils les
alloient saluer; et le soir, quand ils les rame=
noient au tect, les alloient de rechef adorer;
et jamais n'y alloient les mains vuides, qu'ils
n'y portassent tantost quelques fleurs, tantost

quelques fruicts, une fois de la ramée verte, et
une aultre fois quelque petit de laict; dont puis
après ils receurent des Déesses bien ample ré=
compense. Mais pour lors ils folastroient en=
semble comme deux jeunes levrons, ils saul=
toient, ils flustoient, ils chantoient, ils luc=
toient bras à bras l'un contre l'aultre, à l'envi
de leurs beliers et boucquins.

Et ainsi comme ils s'esbattoient, survint un
vieillard, vestu d'une pelisse de peau de chevre,
des sabots en ses pieds, et un bissac tout usé
pendu à son col, lequel, se séant auprès d'eux,
se print à leur dire : Mes enfants, je suis le
vieillard Philetas, qui ai chanté maintes chan=
sons à l'honneur de ces Nymphes, et maintes
fois joué de la fluste en l'honneur du Dieu Pan,
et qui ai gouverné maint troupeau avec la mu=
sicque seulement, et maintenant viens ici pour
vous déclarer ce que j'ai veu, et annoncer ce
que j'ai ouï.

J'ai un beau verger, que j'ai moi-mesme

planté, semé, labouré et accoustré de mes pro=
pres mains, depuis le temps que pour ma vieil=
lesse j'ai cessé de garder et mener les bestes
aux champs. Il y a dedans ce verger tout ce
qu'on y pourroit souhaiter pour la saison : au
printemps, des roses, des violettes, des lis; en
esté, du pavot, des poires, des pommes; main=
tenant qu'il est automne, des raisins, des figues,
des grenades, des grains de myrte : et y vien=
nent par chacun jour à grandes vollées toutes
sortes d'oiseaux; les uns pour y treuver à re=
paistre, et les aultres pour y chanter; car il
est umbragé et couvert de grand nombre d'ar=
bres, et arrosé de trois belles fonteines, et est
si espais, que qui en osteroit la haie qui le clost,
on diroit, à le veoir, que ce seroit un bois.

Aujourd'hui, environ le midi, j'y ai apperceu
un jeune garsonnet dessoubs mes myrtes et
grenadiers, qui tenoit en ses mains des pommes
de grenade, et des grains de myrte : il estoit
blanc comme laict, rouge comme feu, poli et

net comme s'il ne venoit que d'estre lavé ; il
estoit nud, il estoit seul, et se jouoit à cueillir
de mes fruicts comme si le verger eust été sien.
Si m'en suis couru vers lui, craignant que
(comme il estoit fretillant et remuant) il ne
rompist quelques branches de mes myrtes et
grenadiers : mais il m'est legerement eschappé
des mains, tantost se coulant par entre les
rosiers, tantost se cachant soubs les pavots,
comme feroit un petit perdriau. J'ai aultrefois
eu bien de la peine d'aller après de jeunes che=
vreaux de laict, et souvent ai travaillé à courir
après de jeunes veaux qui venoient de naistre ;
mais ceci est tout aultre chose, et n'est pas pos=
sible au monde de le prendre : parquoi me trou=
vant las et recreu, comme vieil et ancien que
je suis, et m'appuyant sur mon baston, en pre=
nant garde qu'il ne s'en fouist, je lui ai demandé
à qui il estoit de nos voisins, et à quelle occa=
sion il venoit ainsi cueillir les fruicts du jardin
d'aultrui. Il ne m'a rien respondu ; mais, s'ap=

prochant de moi, s'est prins à rire fort délica=
tement en me jettant des grains de myrte; ce
qui m'a (ne sçais comment) amolli et attendri
le cœur : de sorte que je n'ai plus sceu me cour=
roucer à lui : si l'ai prié de s'en venir hardi=
ment à moi sans rien craindre, jurant par mes
myrtes que je le laisserois aller quand il voul=
droit, avec des pommes et des grenades que
je lui donnerois, et lui souffrirois prendre des
fruicts de mes arbres, et cueillir mes fleurs tant
comme il vouldroit, moyennant qu'il me don=
nast un baiser seulement.

Et adonc, se prenant à rire avec une chere
gaie et bonne et gentille grace, m'a jetté une
voix si aimable et si doulce, que ni l'harondelle,
ni le rossignol, ni le cygne, fust-il aussi vieil
comme moi, n'en sçauroit jetter de pareille,
disant : Quant à moi, Philetas, ce ne me seroit
point de peine de te baiser; car j'aime plus à
estre baisé que tu ne desires retourner en ta
jeunesse : mais garde que ce que tu me de=

mandes ne soit un don mal séant et peu conve=
nable à ton aage; pourceque ta vieillesse n'em=
peschera point que tu ne brusles de desir de
me suivre, après que tu m'auras baisé; et il
n'y a aigle, ni faulcon, ni aultre oïseau de proie,
tant ait-il l'aile viste et legere, qui me pust
consuivre. Je ne suis point enfant, combien
que j'en aie l'apparence; ains suis plus ancien
que le vieil Saturne, et plus ancien mesme que
tout le temps : je te cognois dès lors que,
estant en la fleur de ton aage, tu gardois en ce
prochain marest un si beau et gras troupeau
de bœufs et de vaches, et estois auprès de toi
quand tu jouois de ta fluste dessoubs ces cous=
teaux-là, lorsque tu estois amoureux de la belle
Amaryllide : mais tu ne me voyois pas, encore
que je fusse continuellement auprès de ton
amie, laquelle je t'ai à la fin donnée, et tu en
as eu de beaux enfants, qui maintenant sont
bons laboureurs et bons bouviers. Et pour le
présent je gouverne aussi Daphnis et Chloé;

7

et après que je les ai le matin mis ensemble,
je m'en viens en ton verger, là où je prends
plaisir aux arbres et aux fleurs que tu y as
plantés, et me lave en ces fonteines; qui est la
cause que toutes les plantes et les fleurs de ton
jardin sont si belles à veoir, pourcequ'elles sont
nourries et arrosées de l'eau où je me suis lavé.
Regarde si tu verras pas une branche de tes ar=
bres rompue, ton fruict aucunement pillé, ou
aucune plante de tes herbes et de tes fleurs
foulée, ni pas une de tes fonteines troublée,
et te repute bien heureux de ce que toi seul
entre les hommes en ta vieillesse tu es encore
bien voulu de cest enfant.

   Sitost qu'il a eu achevé ces paroles, il s'en est
envollé dessus les myrtes, ne plus ne moins
que feroit un petit rossignol; et en saultelant
de branche en branche, par entre les feuilles,
est à la fin monté jusques à la cime. J'ai veu
ses petites ailes, son petit arc, et ses flesches
en escharpe sur ses espaules : puis ai esté tout

esbahi, que je n'ai plus veu ne ses flesches ne
lui. Or, si je n'ai pour néant la teste blanche,
et que la longue vieillesse ne m'ait diminué le
sens et l'entendement, mes enfants, je vous as=
seure que vous estes tous deux dévoués et dé=
diés à l'Amour, et qu'Amour a soing de vous.

Ils furent aussi aises d'ouïr ces propos, comme
si on leur eust conté quelque belle et plaisante
fable : si lui demanderent que c'estoit que
d'Amour, si c'estoit un enfant ou bien un oi=
seau, et quelle puissance il avoit.

Adonc Philetas commença de rechef à leur
dire : Amour est un Dieu, mes enfants, jeune,
beau, et qui a des ailes, et pour ceste cause
prend-il plaisir à hanter entre les jeunes gens ; il
cherche les beautés, et fait voller les cœurs des
hommes, ayant si grand pouvoir que le grand
Jupiter mesme n'en a point tant : il domine sur
les éléments, sur les estoiles, et sur ceux qui
sont Dieux comme lui ; vous-mesmes n'avez
pas tant de maistrise sur vos chevres et sur vos

brebis, qu'il en a sur tout le monde : toutes les
fleurs sont ouvrage d'Amour, toutes les plantes
et tous les arbres sont de sa facture ; c'est par
lui que les rivieres coulent, et que les vents
soufflent. J'ai souventefois veu des taureaux
amoureux mugir d'amour, aussi fort comme
s'ils eussent esté poincts et picqués d'un frolon ;
et un boucquin baiser sa chevre et la suivre
par-tout. Moi-mesme ai aultrefois esté jeune,
et ai aimé Amaryllide ; mais lors il ne me sou=
venoit de manger, ne de boire, ne de prendre
aucun repos ; j'estois tousjours triste et pensif,
le cœur me battoit, et estois comme transi ; je
criois comme qui m'eust battu, et ne parlois
non plus que si j'eusse esté mort ou muet ; je
me jettois dedans les rivieres pour esteindre la
chaleur qui me brusloit, et appellois à mon
aide le Dieu Pan, comme celui qui aultrefois
avoit esté amoureux de la belle Pitys : je remer=
ciois la Nymphe Écho pourcequ'elle nommoit
après moi ma mie Amaryllide ; et puis rompois

mes flustes par despit de ce qu'elles sçavoient
bien donner plaisir à mes vaches, et ne pou=
voient faire venir à moi mon Amaryllide : car il
n'y a medecine quelconque, soit qu'on la mange
ou la boive, ni espece aucune de charme, qui
puisse guerir le mal d'amour, sinon le baiser,
embrasser, et coucher ensemble nue à nud.

Philetas, après les avoir ainsi enseignés, se
despartit d'avec eux, emportant pour son loyer
quelques fromages et un chevreau à qui les
cornes commençoient jà à poindre, qu'ils lui
donnerent.

Mais après qu'il se fut parti, les deux jeunes
amants demourant tout seuls, et ne ayant ja=
mais auparavant ouï parler d'Amour, se trou=
verent en plus grande destresse que paravant,
pourceque l'Amour commençoit à les toucher au
vif. Et retournés qu'ils furent en leurs maisons,
se mirent chacun de son costé à rapporter ce
qu'ils sentoient en leur cœur, avec ce qu'ils
avoient ouï raconter au vieillard. Si disoient

ainsi à part eux : Les amants sont doulou=
reux; aussi le sommes-nous : ils ne font compte
de boire ne manger; aussi peu en faisons-nous :
ils ne peuvent dormir ; nous sommes tout de
mesme : il leur est advis qu'ils bruslent; et je
crois que nous avons du feu dedans le corps :
ils desirent s'entreveoir; et pour ce faire nous
souhaittons que la nuict ne dure gueres, et que
le jour revienne bientost. À l'adventure donc=
ques est-ce cela qu'on appelle amour; et nous
entre-aimons l'un l'aultre, et si ne le sçavions
pas. Mais si c'est amour que je sens, et qu'elle
m'aime, pourquoi doncques sommes-nous ainsi
mal à nostre aise? à quoi faire nous entrecher=
chons-nous? Philetas nous a dict la vérité; ce
jeune garsonnet qu'il a veu en son verger ap=
parut aussi jadis à nos peres, quand il leur
commanda en songe qu'ils nous envoyassent
garder les bestes aux champs. Mais comment
le pourroit-on prendre? il est petit et s'en fouira;
et si n'est possible d'eschapper de lui, car il a

des ailes et nous atteindra. Faut-il avoir recours
à l'aide des Nymphes? Pan lui-mesme ne servit
de rien à Philetas lorsqu'il estoit amoureux
d'Amaryllide; il vault doncques mieulx cher=
cher les remedes qu'il nous a enseignés, de bai=
ser, accoller, et coucher ensemble nue à nud.
Vrai est qu'il fait froid; mais nous l'endure=
rons. Ainsi leur estoit la nuict une seconde
escole, en laquelle ils recordoient les enseigne=
ments de Philetas.

Le lendemain, au poinct du jour, ils mene=
rent leurs bestes aux champs, s'entrebaiserent
l'un l'aultre aussitost qu'ils se veirent; ce qu'ils
n'avoient point encore faict auparavant, et croi=
sant leurs bras s'entre-accollerent: mais ils n'o=
serent essayer le troisieme poinct de la mede=
cine, qui estoit de se despouiller pour coucher
ensemble nue à nud; car ce eust esté trop har=
diment faict, non seulement pour la jeune ber=
gere, mais aussi pour le jeune chevrier.

Parquoi la nuict ensuivante ils ne peurent re=

poser, et ne feirent aultre chose que rememorer
ce qu'ils avoient faict, et regretter ce qu'ils
avoient obmis à faire, disant ainsi en eux=
mesmes : Nous nous sommes entrebaisés, et il
ne nous a de rien servi; nous nous sommes
l'un l'aultre accollés, et il ne nous en est presque
de rien amendé : il faut donc dire que le cou=
cher ensemble est le souverain remede du mal
d'amour ; il le faut donc essayer aussi, car,
pour certain, il y doibt avoir quelque chose
davantage qu'au baiser.

Or, pour avoir eu ces pensées amoureuses
en veillant, il leur venoit aussi, comme il est
ordinaire, des songes amoureux en dormant,
et leur sembloit qu'ils s'entrebaisoient, qu'ils
s'entre-accolloient, et qu'ils faisoient, la nuict,
ce qu'ils n'avoient osé faire le jour, en se cou=
chant ensemble nue à nud. De sorte que le
lendemain ils se leverent plus espris d'amour
que devant; et chassant avec le sifflet leurs trou=
peaux aux champs, leur tardoit qu'ils ne se

treuvoient pour s'entrebaiser; et si loing qu'ils
s'entreveirent, se prindrent, en riant, à courir
l'un contre l'aultre, s'entrebaiserent premiere=
ment, et puis s'entre-accollerent : mais le troi=
sieme poinct ne pouvoit venir, Daphnis n'osant
point en parler, et ne voulant point Chloé
commencer ; jusques à ce que l'adventure les
conduisit à ce faire en ceste maniere.

Ils s'estoient assis l'un près de l'aultre au pied
d'un chesne, et ayant gousté du plaisir de baiser,
ne se pouvoient saouller de ceste volupté. L'em=
brassement suivoit quand et quand pour baiser
plus serré : et pour autant que Daphnis tiroit
sa prinse un peu trop fort, Chloé, ne sçais com=
ment, se coucha sur un costé, et Daphnis, sui=
vant la bouche de Chloé pour ne perdre l'aise
du baiser, se laissa aussi de mesme tomber sur
le costé; et recognoissant tous deux en ceste
contenance la forme de leur songe, demoure=
rent long-temps ainsi couchés, s'entretenant
bras à bras aussi estroictement comme s'ils

eussent esté collés ensemble, sans sçavoir rien
du surplus, et pensant que ce fust le dernier
poinct de jouissance amoureuse. Si y passerent
la plus grande partie du jour, jusques à ce que
le soir les contraignit de se séparer; et lors, en
mauldissant la nuict, ils remenerent leurs bestes
au tect. Et peut-estre à la fin eussent-ils faict
quelque chose à bon escient, n'eust esté un tel
trouble et tumulte qui survint en celle contrée.

Il y avoit une compagnie de jeunes riches
hommes de la ville de Methymne, lesquels,
voulant passer joyeusement le temps des ven=
danges et s'aller esbattre hors du territoire de
leur ville, tirerent un batteau en mer, mirent
leurs varlets à la rame, et s'en allerent esbat=
tant le long de la coste des Mityleniens, pource=
qu'il y a par-tout bon abrit pour se retirer,
et est bornée de beaux édifices, et y trouve-t-on
force ruisseaux, fonteines, vergers pleins d'ar=
bres, que la nature y a produicts en partie,
et en partie la main des hommes y a édifiés,

et par-tout seur abord et délicieux séjour.

Ces jeunes gens, en voguant au long de ceste
coste, et descendant en terre en quelques en=
droits, ne faisoient mal ne desplaisir quel=
conque à personne, ains s'esbattoient à divers
passe-temps : une fois, avec des hamessons atta=
chés d'un petit filet au bout de quelques cannes
et roseaux, ils peschoient des poissons qui
hantent au long des rochers, de dessus quelque
escueil jetté avant dedans la mer; une aultre
fois ils prenoient avec des chiens et des filets
les lievres qui s'en fouyoient des vignes pour le
bruit des vendangeurs; une aultre fois ils pre=
noient grand plaisir à tendre aux oiseaux, et
avec des laqs courants et collets prenoient des
oies sauvages, des hallebrans et ostardes : de
sorte qu'oultre le plaisir qu'ils en avoient, ils
fournissoient encore leur table; et si leur falloit
quelque chose davantage, ils le prenoient au
plus prochain village, en payant beaucoup plus
que les choses ne valoient. Il ne leur falloit que

le pain, le vin et le logis seulement; car ils ne treuvoient pas qu'il fust trop seur de coucher la nuict en mer dedans leur batteau, estant la saison de l'automne: et à ceste cause tiroient la nuict leur batteau en terre, craignant qu'il ne se levast quelque tourmente pendant qu'ils dormiroient.

Mais quelque paysan de là entour, ayant à faire d'une corde dont on tourne la meule qui pressure le marc des raisins après qu'ils ont esté foullés en la cuve, pourceque la sienne estoit usée et rompue, s'en vint secrettement vers le bord de la mer, et, treuvant le batteau sans garde, deslia la corde avec laquelle on l'attachoit à terre, l'apporta en son logis, et s'en servit à ce qu'il en avoit à faire.

Le lendemain au matin ces jeunes gens de Methymne chercherent par-tout leur corde; mais personne ne confessoit l'avoir prinse: parquoi, après qu'ils eurent un peu tencé avec leurs hostes, ils tirerent oultre, et ayant faict

environ deux lieues, vindrent aborder à l'en=
droit des champs où se tenoient Daphnis et
Chloé, pourcequ'il leur sembla qu'il y avoit
belle plaine à courir leur lievre.

Or n'avoient-ils plus de corde pour attacher
leur batteau, et à ceste cause prindrent du franc
osier verd, le plus long qu'ils peurent treuver,
qu'ils tordirent, et en feirent une hart, dont ils
attacherent leur batteau par la proue, et le
lierent à terre, puis se mirent à chasser avec
leurs chiens, et tendirent leurs toiles aux en=
droits qui leur semblerent plus à propos. Leurs
chiens, courant çà et là, et abbayant, effroye=
rent les chevres, lesquelles abandonnerent in=
continent les cousteaux, et s'en fouirent vers la
marine, là où ne treuvant rien à broutter parmi
le sable, aucunes d'elles, plus hardies que les
aultres, s'approcherent du batteau, et mange=
rent la hart d'osier dont il estoit attaché.

De fortune la mer estoit un peu esmeue
pourcequ'il s'estoit levé un vent de terre; telle=

ment que la tourmente eut incontinent esloin=
gné le batteau du rivage, et l'eut emporté en
pleine mer. De quoi les jeunes hommes Me=
thymniens s'estant apperçeus, les uns s'en cou=
rurent vers la mer, les aultres appellerent leurs
chiens, et tous ensemble menerent tel bruit,
que tous les paysans de là autour, les entendant
ainsi crier, y coururent de toutes parts. Mais
tout cela ne servit de rien ; car le vent, se refres=
chissant tousjours de plus en plus, le mena si
roide et si loing, qu'il n'y avoit plus ordre de
le pouvoir atteindre.

Parquoi ces jeunes hommes, se voyant privés
de beaucoup de biens qui estoient dedans leur
batteau, chercherent tant le chevrier qui devoit
garder les chevres, qu'ils treuverent Daphnis,
et en chaulde colere commencerent à le battre
et le vouloir despouiller : si y en eut un d'entre
eux qui destacha la lesse dont il menoit son
chien, et prit les deux mains de Daphnis pour
les lui lier derriere le dos.

Le pauvre Daphnis, qu'on battoit, ne pou=
voit aultre chose faire que crier, et prioit les
voisins de lui aider : mais sur tous aultres il
appelloit en son aide Lamon et Dryas , qui
estoient deux verts vieillards, et qui avoient
les mains rudes et endurcies du labeur des
champs; lesquels survenus feirent cesser la
violence et le tort que l'on faisoit à Daphnis,
remonstrant à ces jeunes hommes de Methymne
que, s'il leur avoit faict aucun tort, ils le de=
voient contraindre à le réparer par justice.

Ceux de Methymne le voulurent, et eslurent
pour leur arbitre le bouvier Philetas, à cause
que c'estoit le plus ancien de tous ceux qui
s'estoient treuvés à ceste émeute, et qu'entre
tous ceux de son village il avoit le bruit d'estre
homme de plus grande legalité. Cela accordé,
les Methymniens, comme ceux qui avoient à
plaider devant un juge bouvier, commencerent
en termes courts et clairs leur accusation de
telle sorte :

Nous estions descendus en ces champs pour
y cuider chasser, et avions attaché nostre bat=
teau au rivage de la mer avec une hart d'osier
verd, puis nous estions mis en queste avec nos
chiens. Et cependant les chevres de cestui-ci
sont descendues vers la marine, lesquelles ont
mangé l'osier dont nostre batteau estoit atta=
ché, et conséquemment l'ont destaché, comme
vous-mesme l'avez peu veoir emporter par les
vagues en haulte mer. Il y a dedans grande
quantité de biens, qui sont perdus pour nous,
et entre aultres choses force beaux colliers pour
nos chiens, et de l'argent plus qu'il n'en fau=
droit pour achepter tout le vaillant de ceux-ci.
En récompense de laquelle perte nous voulons
emmener, comme nostre esclave, ce meschant
chevrier ici, lequel entend si mal le mestier
dont il se mesle que de mener ses chevres au
rivage de la mer, comme s'il estoit marinier.

Voilà de quoi les Methymniens accuserent
Daphnis, qui se treuvoit tout moulu de coups

de poing qu'il avoit receus : mais néantmoins
voyant Chloé présente, il ne s'estonna de rien,
et leur respondit franchement en ceste ma=
niere :

Je garde bien mes chevres, et n'y a personne
en tout le village qui se soit jamais plainct que
pas une d'elles ait rien broutté en son jardin,
ni rompu ou gasté un seul cep en sa vigne.
Mais ceux-ci eux-mesmes sont maulvais chas=
seurs, et ont des chiens mal appris, qui ne font
que courir çà et là, et abbayer si terriblement,
qu'ils ont effarouché mes chevres, et les ont
chassées de la montaigne et de la plaine vers
le rivage de la mer, comme si ce eussent esté
loups : et puis ils me vont mettant sus qu'elles
ont mangé de l'osier ; c'est pourcequ'elles ne
treuvoient emmi le sable aultre verdure quel=
conque, ne ronce, ne thym. Si leur batteau
est péri en la mer par la force des vents, il s'en
faut prendre à la tourmente ; ce n'ont pas esté
mes chevres qui l'ont faict : mais s'il y avoit de=

dans tout plein de biens, et mesme de l'argent comptant, qui seroit si fol de croire qu'un bat= teau où il y auroit tant de richesses n'eust aultre chose pour l'attacher qu'une hart d'osier verd?

Daphnis, en disant ces paroles, se print à plorer, et feit pitié à tous les assistants; tel= lement que le juge Philetas feit serment aux Nymphes et à Pan que Daphnis, à son advis, n'avoit point de tort, ne ses chevres aussi, et que la faulte, si faulte y avoit, estoit aux vents et à la mer, desquels il n'estoit pas juge pour la leur faire réparer.

Ce néantmoins le bon Philetas ne sceut si bien dire, que les Methymniens s'en conten= tassent : ains de rechef en grande fureur prin= drent Daphnis, et le voulurent lier, pour l'em= mener prisonnier, n'eust esté que les paysans, de ce mutinés, se ruerent sur eux, et le leur osterent d'entre les mains. Daphnis, de son costé, se défendoit aussi, et combattoit lui= mesme; si qu'à grands coups de pierres et de

bastons chasserent les Methymniens, et ne
cesserent de les poursuivre jusques à ce qu'ils
les eussent chassés battant hors de leur terri=
toire.

Mais cependant qu'ils les chassoient, Chloé
tout à loisir mena Daphnis en la caverne des
Nymphes, et lui essuya le visage tout souillé
du sang qui lui estoit coulé du nez; et tirant
de sa pannetiere un morceau de fromage et
de gasteau, lui en donna à manger, et, qui
plus encore le contenta, lui donna de sa tendre
bouche un baiser plus doulx que miel. Ainsi
eschappa Daphnis de ce danger.

Mais la chose n'en demoura pas là; car ces
jeunes hommes de Methymne ne furent pas
plustost de retour en leurs maisons par terre,
au lieu qu'ils estoient partis par mer sur un
batteau, blessés et mal menés, au lieu qu'ils es=
toient issus gais et bien délibérés, qu'ils feirent
assembler le conseil de la ville, auquel ils re=
quirent humblement à leurs citoyens qu'il leur

plust venger l'excès et outrage qu'on leur avoit
faict. Pour à quoi plus les inciter, ils ne dirent
pas un mot de vérité, craignant que s'ils eussent
récité le faict au vrai comme il estoit allé, ils
n'eussent encore esté mocqués de s'estre laissé
chasser à coups de bastons par des paysans;
mais, en desguisant le faict, affirmerent que les
Mityleniens leur avoient osté leur batteau et
pillé leurs biens, tout ainsi que s'ils eussent
esté en guerre ouverte.

Ceux de Methymne ajouterent facilement foi
à leur dire, pourcequ'ils les voyoient ainsi bles=
sés et mal menés; et quand et quand estimant
que c'estoit chose juste et raisonnable de ven=
ger un outrage tel faict aux enfants des plus
nobles maisons de leur ville, décernerent sur=
le-champ la guerre contre les Mityleniens, sans
la leur envoyer dénoncer, et commanderent à
leur capitaine qu'il tirast promptement de leur
arsenal en mer dix galeres pour aller faire le
pis qu'ils pourroient en toute leur coste, pour

autant qu'ils pensoient que ce ne seroit pas seu=
rement ne sagement faict de mettre, lorsque
l'hiver approchoit, plus grosse flotte en mer.

Le capitaine, dès le lendemain matin, eut
dressé son esquipage, et usant de ses soldats
mesmes au lieu de forçaires pour ramer, alla
fourrager toutes les terres des Mityleniens qui
estoient prochaines du rivage de la mer, où il
pilla grand nombre de bestail, grande quantité
de bleds et de vins, pour autant qu'il n'y avoit
gueres que vendanges estoient achevées, et
grande multitude de prisonniers, tous vigne=
rons et laboureurs : puis alla aussi courir les
terres où Daphnis et Chloé gardoient leurs bes=
tes, et y descendit soudainement à l'impour=
veu, ravit et roba tout ce qu'il y treuva.

Daphnis pour lors n'estoit pas avec son trou=
peau, ains estoit allé ès bois prochains cueillir
de la plus tendre et verde ramée, pour donner
l'hiver à broutter à ses petits chevreaux; et
voyant de loing la descente et incursion des

ennemis, se cacha dedans le tronc d'un chesne
sec et creux.

Mais Chloé, qui estoit auprès des deux trou=
peaux, sitost qu'elle apperceut les couriers, se
cuida saulver de vistesse, et s'en fuit dedans la
caverne des Nymphes. Elle fut poursuivie jus=
qu'au lieu mesme, là où elle feit prieres aux
soldats, en l'honneur des Nymphes, de ne vou=
loir point faire de desplaisir ne à elle ne à ses
bestes. Toutefois sa priere n'eut point de lieu,
car les soldats de Methymne, après avoir faict
plusieurs villenies par dérision aux images des
Nymphes, l'emmenerent elle et ses bestes, en
la chassant devant eux à tour de l'osier,
comme on feroit une chevre ou une brebis :
et voyant qu'ils avoient jà leurs vaisseaux tout
pleins de toute sorte de butin, ne voulurent
plus tirer oultre, ains reprindrent la route de
leurs maisons, craignant l'incertitude de l'hi=
ver, et leurs ennemis. Ainsi se retirerent les
Methymniens à force de ramer, pourceque le

temps fut si calme, qu'il ne tiroit ne vent ne
haleine quelconque.

Après que tout le bruit de ceste course fut
appaisé, Daphnis sortit de son creux, et s'en
vint en la plaine où leurs bestes avoient accous=
tumé de pasturer : et n'y voyant ne ses chevres,
ne les brebis de Chloé, ne Chloé elle-mesme,
ains seulement les champs tout seuls, et la
fluste de laquelle Chloé se souloit esbattre jet=
tée par terre, il se print à crier tant qu'il peut;
et, en souspirant amerement, s'en courut pre=
mierement soubs le fousteau à l'ombre duquel
ils avoient accoustumé de se seoir, et puis vers
le rivage de la mer, pour veoir s'il la treuveroit,
et finablement vers la caverne des Nymphes, là
où il l'avoit veue fuir; et là, se jettant par terre
devant leurs images, se complaignit à elles,
disant qu'elles lui avoient bien failli au besoing.

Chloé, disoit-il, a esté ravie d'entre vos mains,
et vous avez bien eu le cœur de le veoir et l'en=
durer! celle qui vous faisoit tant de beaux cha-

pelets de fleurs! celle qui vous offroit tousjours
du premier laict! celle qui vous a donné ce
flageolet mesme que je vois ici pendu! Jamais
loup ne me ravit une seule chevre; et les enne=
mis m'ont maintenant ravi le troupeau entier
tout-à-coup, et ma compaigne bergere aussi!
Or quant à mes chevres, ils les tueront et es=
corcheront incontinent, et Chloé désormais
demourera en la ville loing de moi. Comment
oserai-je à cesté heure m'en aller devers mon
pere et ma mere sans mes chevres et sans Chloé?
Il faudra doresnavant que je sois un fainéant;
car il n'y a plus chez nous de bestes que je peusse
garder. Je ne bougerai d'ici, attendant la mort
ou une aultre guerre. Hélas! Chloé, es-tu en
mesme peine que moi? te souvient-il point de
ces champs, des Nymphes, et de moi? ou si tu
te reconfortes avec nos brebis et nos chevres,
qui sont prisonnieres avec toi?

En disant ces paroles, le pauvre Daphnis fut
si saisi de tristesse, qu'après avoir bien ploré

il s'endormit fort serré : et en dormant lui ap=
parurent les trois Nymphes en guise de trois
belles grandes femmes à demi nues, les pieds
sans chausseure, les cheveux espars, et sem=
blables en tout et par tout aux images qui
estoient en la caverne. Si lui fut bien advis de
premiere arrivée qu'elles avoient pitié de lui;
puis la plus aagée se print à lui dire, en le re=
confortant :

Daphnis, ne te plains point de nous, car
nous avons plus de soing de Chloé que tu n'as
toi-mesme : nous avons eu pitié d'elle dès qu'elle
venoit de naistre; et ayant esté jettée et exposée
en ceste caverne, avons pourveu à ce qu'elle
fust eslevée et nourrie. Ne pense pas qu'elle soit
fille de Dryas, ni née en ce village, ou que ce
soit l'estat appartenant au lieu dont elle est
venue, que de garder les brebis. A ceste heure
mesme nous avons pourveu à son affaire, de
sorte qu'elle ne sera point menée prisonniere
en la ville de Methymne, ni ne sera partie de

10

leur butin; car nous avons prié à Pan, qui est
là debout soubs ce pin, lequel vous n'avez
jamais honoré à tout le moins de quelques
fleurettes , qu'il nous veuille aider à la re=
couvrer, pourcequ'il fréquente plus souvent
entre gens de guerre que nous; et lui-mesme a
conduict plusieurs guerres en délaissant ces
lieux champestres. Il est desja parti pour s'en
aller, dangereux ennemi pour ceux de Me=
thymne. Pourtant ne te fasche point, mais te
leve, et t'en va veoir Lamon et Myrtale, lesquels
sont jettés par terre comme toi, cuidant que
tu aies esté prins et emmené prisonnier avec
elle. Ne te soucie point ; ta Chloé reviendra
demain avec toutes vos brebis et vos chevres,
et si les garderez encore et jouerez de la fluste
ensemble. Au demourant, Amour aura soing
de vous.

Daphnis, ayant ouï et veu telles choses, s'es=
veilla soudain en sursault, et, plorant autant
de joie que de tristesse, adora les images des

Nymphes, et leur promit, si Chloé retournoit
à saulveté, de leur sacrifier la plus grasse de ses
chevres. Et courant incontinent vers l'image du
Dieu Pan ayant les pieds d'un bouc, et deux
cornes en la teste, estant dressé dessoubs un
pin, et tenant de l'une de ses mains une fluste,
et de l'aultre un boucquin saultelant, l'adora
aussi, et le pria qu'il lui pleust faire retourner
Chloé, lui promettant semblablement de lui
sacrifier un bouc. Et à la fin, sur le soir, en=
viron le soleil couchant, à peine cessa-t-il de
plorer et de prier les Dieux et les Déesses pour
le retour de sa Chloé : puis ayant recueilli la
ramée qu'il avoit coupée, s'en retourna au vil=
lage, là où il osta de grand esmoi le pauvre
Lamon, et le remplit de liesse; puis mangea
un petit, et s'en alla coucher. Mais ce ne fut
pas sans tendrement plorer, et sans affectueu=
sement prier les Nymphes qu'elles lui appa=
russent encore la nuict en dormant, et que le
jour vinst bientost, auquel elles lui avoient

promis que Chloé retourneroit. Jamais nuict
ne lui sembla si longue que feit celle-là. Mais
voici comment la chose estoit allée.

Cependant le capitaine de Methymne, ayant
faict jà long chemin en s'en retournant, voulut
un petit refreschir ses gens, qui estoient travail=
lés d'avoir couru en terre et vogué en mer; et
treuvant un escueil qui se jettoit fort avant en
la mer en forme de croissant, au dedans des
pointes duquel la mer estoit platte, et où il y
avoit abrit pour les vaisseaux aussi seur que
dedans un bon port, il y posa les ancres sans
aultrement aborder à terre, afin que les paysans,
à toute adventure, ne lui peussent faire aucun
desplaisir, et, au demourant, permit à ses gens
de se traiter et faire bonne chere, en aussi
grande asseurance comme s'ils eussent esté en
pleine paix. Eux, qui avoient foison de tous
vivres qu'ils avoient pillés, se meirent à boire
et à jouer ne plus ne moins que quand l'on fait
des feux de joie et la feste d'une victoire.

Mais sitost que le jour fut failli, et que la
nuict eut mis fin à leur bonne chere, il leur fut
soudainement advis que toute la terre devinst
en feu, et entendirent de loing tel que feroit le
flot d'une grosse armée de mer qui fust venue
contre eux : l'un crioit à l'arme, l'aultre appel=
loit ses compaignons; l'un pensoit estre jà bles=
sé, l'aultre cuidoit veoir un homme mort gisant
devant lui : brief, il y avoit tout tel tumulte que
si c'eust esté un combat de nuict; et si n'y avoit
point d'ennemis.

   Si la nuict avoit esté espouvantable, le jour
d'après leur fut encore bien plus effroyable; car
les boucs et les chevres de Daphnis avoient les
cornes entortillées de feuillages de lierre avec
leurs grappes, et les brebis, moutons et be=
liers de Chloé hurloient comme loups : on lui
treuva à elle-mesme un chapeau de feuilles de
pin sur la teste. Et en la mer semblablement
se faisoient des choses si estranges, qu'à peine
les pourroit-on croire; car quand ils cuidoient

lever les ancres, elles tenoient si ferme au
fond, qu'ils ne les pouvoient arracher, quelque
effort qu'ils en feissent ; quand ils cuidoient
abbattre leurs rames pour voguer, elles se rom=
poient : les daulphins, saultant tout autour de
leurs vaisseaux, et les battant de leurs queues,
en descousoient les joinctures : et entendoit-on
le son d'une trompe du dessus d'une roche
haulte et droicte, estant à la cime de l'escueil
au pied duquel ils estoient à l'abrit; mais ce son
n'estoit point plaisant à ouïr, comme seroit le
son d'une trompette ordinaire, ains effroyoit
ceux qui l'entendoient, ne plus ne moins que
le son d'une trompette de guerre la nuict : de
quoi les Methymniens estoient en merveilleux
effroi, et couroient aux armes, disant que c'es=
toient leurs ennemis qui leur venoient courir
sus, sans ce qu'ils les apperceussent ; tellement
qu'ils desiroient que la nuict revinst, comme
s'ils eussent deu avoir paix et repos quand elle
seroit venue.

Or estoit-il aisé à cognoistre à gens qui n'eus=
sent point esté troublés de sens, que toutes ces
illusions qu'ils pensoient veoir et ouïr venoient
du Dieu Pan, qui estoit indigné contre eux pour
quelque malefice. Mais ils n'en sçavoient devi=
ner l'occasion, pourcequ'ils n'avoient rien pillé
qu'ils pensassent estre dedié ne consacré à Pan ;
jusqu'à ce qu'environ midi, le capitaine, non
sans expresse ordonnance divine, s'endormit,
et lui apparut Pan lui-mesme en dormant, qui
lui usa de telles parolles :

Ô meschants sacrileges ! comme avez-vous
esté si forcenés que d'oser emplir d'effroi et
d'exploits de guerre les champs que j'aime uni=
quement, ravir les troupeaux de bœufs, de
brebis et de chevres qui sont en ma protection,
et arracher par force d'un lieu sainct une jeune
fille, de laquelle Amour veult faire une histoire
singuliere, et n'avez point eu de crainte ne de
reverence aux Nymphes qui le vous ont veu
faire, ne à moi aussi, qui suis le Dieu Pan ? Je

vous denonce que vous ne verrez jamais la ville
de Methymne, si vous entreprenez d'y retour=
ner avec un tel pillage, et n'eschapperez jamais
le son de la trompe qui vous a nagueres ef=
froyés; car je vous ferai tous abysmer au fond
de la mer, et manger aux poissons, si tu ne
rends et bientost Chloé aux Nymphes à qui tu
l'as ostée par force, et quand et elle les trou=
peaux de ses brebis et de ses chevres. Pourtant
leve-toi sans delai, et remets incontinent en
terre la bergere Chloé, avec ce que je t'ai dict;
et je vous reconduirai tous deux à saulveté, elle
par terre, et toi par mer.

Le capitaine, qui s'appelloit Bryaxis, ces pa=
rolles ouïes, s'esveilla, tout effroyé, en sursault,
et feit incontinent appeller les capitaines de
chacune galere, auxquels il commanda que
l'on cherchast promptement Chloé entre les pri=
sonniers. Ce qui fut aussitost faict, et la lui
amena-l'on couronnée de feuillage de pin; et
à cela remarqua le capitaine que c'estoit elle

pour laquelle il avoit eu ceste apparition en
dormant. Si la feit remettre en terre dedans la
galere capitainesse, dont elle ne fut pas plustost
sortie, que l'on entendit de rechef le son de la
trompe dedans le rocher, mais non plus effroya=
ble en maniere de l'alarme, ains tel que les
bergers ont accoustumé de sonner quand ils
menent leurs bestes aux champs. Les brebis
mesmes couroient au sortir par-dessus la plan=
che, sans que les pieds leur glissassent, et les
chevres encore bien plus hardiment, comme
celles qui ont accoustumé de gravir jusqu'à la
cime des plus haults et plus droicts rochers, et
environnoient Chloé tout alentour en saultant
et beslant, comme si elles lui eussent voulu
donner à cognoistre qu'elles se resjouissoient
de sa delivrance.

Mais les troupeaux des aultres bergers et
chevriers demourerent au lieu où on les avoit
mis, et ne bougerent de dessoubs le tillac des
galeres, comme si le son de la trompe ne les

eust point appellés; de quoi tout le monde s'es=
merveilla grandement, et en loua la puissance
et bonté de Pan.

Encore veit-on de plus estranges merveilles
en l'un et en l'aultre élément; car les galeres
des Methymniens desmarerent d'elles-mesmes
avant qu'on eust levé les ancres, et y avoit un
daulphin qui les conduisoit, saultant hors de
l'eau devant la capitainesse; et sur la terre un
fort doulx et plaisant son de trompe conduisoit
les brebis et les chevres, sans que l'on veist
personne qui en sonnast : de maniere que les
brebis et les chevres marchoient et pasturoient
tout ensemble avec très grand plaisir d'ouïr si
doulce mélodie.

Environ le temps que les pasteurs remenent
leurs bestes aux champs après midi, Daphnis,
appercevant de tout loing, de dessus une haulte
butte où il estoit monté, Chloé avec ses deux
troupeaux, descendit le plus viste qu'il peut
dans la plaine, criant à haulte voix : Ô Nym=

phes! ô gentil Pan! et, courant embrasser Chloé,
fut esprins de si grande joie, qu'il en tomba par
terre tout pasmé. Mais Chloé, en le baisant et
embrassant, le reschauffa si bien, qu'elle le feit
revenir; et après qu'il eut reprins ses esprits,
s'en alla avec elle soubs le fousteau où ils avoient
accoustumé de se treuver : là où s'estant tous
deux assis à l'ombre, il ne faillit pas à demander
comme elle avoit peu eschapper des mains de
tant d'ennemis.

Elle lui conta tout de poinct en poinct, com=
ment il estoit creu du lierre autour des cornes
de ses chevres, comment ses brebis avoient
hurlé; comment il s'estoit treuvé sur sa teste
un chapeau de feuilles de pin; le feu qu'on avoit
veu sur la terre, le bruit que l'on avoit ouï en
la mer; les deux sortes de son de trompe, l'un
de paix et l'aultre de guerre; la nuict espouvan=
table; et comment une certaine mélodie mu=
sicale l'avoit conduicte par tout le chemin, sans
qu'elle en veist rien.

Adonc Daphnis, cognoissant manifestement
que c'estoit le secours de Pan, selon ce que les
Nymphes lui avoient dict et promis à lui-mesme
en dormant, conta aussi de sa part à Chloé
tout ce qu'il avoit ouï et veu en son absence; et
comme, estant bien près de rendre l'ame, la
vie lui avoit esté saulvée par les Nymphes.

Après lui avoir tout conté, il envoya querir
par Chloé Dryas et Lamon, et quand et quand
tout ce qui fait besoing pour un sacrifice; et
lui-mesme cependant print la plus grasse chevre
qui fust en tout son troupeau, de laquelle il en=
tortilla les cornes avec du lierre, en la sorte et
maniere que les ennemis les avoient treuvées le
matin; et après lui avoir versé un peu de laict
entre les deux cornes, la sacrifia aux Nymphes,
la pendit et escorcha, et leur en sacrifia la peau.

Puis, quand Chloé et la compaignie fut ve=
nue, il feit rostir une partie de la chair et
bouillir l'aultre; mais devant toutes choses il
mit à part les primices pour les Nymphes, et

leur espandit une pleine tasse de vin doulx; et
ayant accoustré de petits sieges pour se seoir,
avec force feuillage et verde ramée, se mit au
surplus à faire bonne chere avec toute la com=
paignie; en ayant néantmoins tousjours les yeux
sur les troupeaux, de peur que le loup y sur=
venant d'emblée n'y feist autant de dommage
que pourroient faire les ennemis. Puis, quand
ils eurent tous bien repeu, ils se mirent à chan=
ter des chansons à la louenge des Nymphes,
que les vieils pasteurs avoient anciennement
composées; puis, la nuict survenue, ils se cou=
cherent en la place mesme à descouvert emmi
les champs, et le lendemain au matin eurent
aussi souvenance de Pan.

Si menerent le bouc qui guidoit tout le trou=
peau, couronné de feuilles de pin, vers l'arbre
soubs lequel estoit l'image de Pan, et lui res=
pandant du vin sur la teste, en louant et remer=
ciant la bonté de Pan, le lui sacrifierent, le
pendirent et l'escorcherent: puis feirent bouillir

une partie de la chair et rostir l'aultre, qu'ils es=
tendirent emmi le beau pré sur verde feuillade,
et attacherent la peau avec les cornes à la tige
du pin tout contre l'image de Pan : c'estoit une
grande pastorale, propre à un Dieu pastoral,
auquel ils mirent aussi à part les primices du
sacrifice, et respandirent, en l'honneur de lui,
le plus grand gobelet qu'ils eussent, plein de
vin. Chloé chanta, et Daphnis joua de son fla=
geolet; puis se mirent à repaistre, et feirent
bonne chere.

Ainsi comme ils estoient à table, survint de
cas d'adventure le bon homme Philetas, qui
apportoit quelques petits chapelets de fleurs à
l'image de Pan, et des moissines de raisins
pendus encore aux branches de la vigne avec
toutes leurs feuilles. Quand et lui estoit son plus
jeune fils Tityre. Sitost qu'ils l'apperceurent, ils
se leverent tous, et lui aiderent à faire ses of=
frandes à l'image de Pan ; puis couronnerent
leurs testes de feuillage de pin, et se remettant

à table, feirent seoir auprès d'eux le bon Phi=
letas.

Or quand ces vieillards eurent un peu beu,
adonc commencerent-ils à conter de leurs jeunes
ans; comment ils gardoient leurs bestes quand
ils estoient jeunes; comment ils estoient eschap=
pés de plusieurs dangers et de plusieurs sur=
prinses d'escumeurs de mer et de larrons : l'un
se vantoit qu'il avoit aultrefois tué un loup;
l'aultre, qu'après Pan il n'y avoit homme qui
sceust si bien jouer de la fluste que lui. C'estoit
le bouvier Philetas qui se donnoit ceste louenge;
et Daphnis et Chloé le prierent bien instam=
ment qu'il leur voulust monstrer un petit de
sa science, et qu'il daignast jouer un petit de sa
fluste à ce sacrifice faict en l'honneur du Dieu
Pan, lequel prenoit plaisir à en ouïr bien jouer.

Philetas leur accorda, combien que pour sa
vieillesse il se plaignist de n'avoir plus gueres
d'haleine, et print en main la fluste de Daphnis:
mais elle se treuva trop petite pour y monstrer

beaucoup de sçavoir et d'artifice, comme celle
de quoi jouoit un jeune garson seulement; par=
quoi il envoya son fils Tityre en sa loge, qui
estoit distante de là environ d'une demi-lieue,
pour apporter la sienne. Tityre jetta sa jaquette
à terre, et s'en courut tout nud en chemise viste
comme un jeune faon de biche.

Et cependant le vieillard Lamon se mit à leur
faire le conte de la belle Syringe, qu'il disoit
avoir ouï conter et chanter à un chevrier sici=
lien. Ceste Syringe n'estoit point, dit-il, an=
ciennement un instrument à jouer de musicque,
ains estoit une belle jeune fille, qui aimoit fort
à chanter : elle gardoit les chevres, et se jouoit
avec les Nymphes. Le Dieu Pan la voyoit,
comme il nous fait maintenant, garder ses
bestes, jouer et chanter; si s'approcha d'elle, et
la pria de ce qu'il voulut, lui promettant faire
que toutes ses chevres porteroient deux che=
vreaux à chacune portée. Elle se mocqua de
son amour, disant qu'elle n'auroit jamais ami,

non seulement tel comme lui, qui sembloit pro=
prement un bouc, mais ni aultre, quel qu'il fust.
Pan la voulut prendre à force; elle s'en fouit, et
il la poursuivit. À la fin, se sentant lasse de
courir, elle se jetta parmi les cannes et roseaux,
et là ne sceut-on qu'elle devint dedans le
marets. Pan coupa les cannes en courroux, et,
n'y treuvant point la pucelle, cogneut son in=
convénient, car elle avoit esté tournée en une
canne. Si treuva lors ceste sorte d'instrument,
en joignant ensemble avec de la cire des ro=
seaux de grandeur non égale, pour autant que
leur amour n'avoit point esté reciproque ni
égale; de sorte qu'elle, qui paravant avoit esté
belle jeune fille, depuis a esté un plaisant ins=
trument de musicque.

Lamon ne faisoit gueres que d'achever son
conte, et Philetas de le louer, disant qu'il
avoit faict un conte plus plaisant à ouïr reciter,
que n'eust esté une chanson à ouïr jouer,
quand Tityre arriva apportant la fluste de son

pere, qui estoit composée des plus grosses
cannes que l'on treuve, accoustrée de laton;
de sorte que l'on eust dict que c'estoit celle-là
mesme que Pan avoit faicte la premiere.

Philetas adonc se leva en pied sur son siege,
et essaya premierement les chalumeaux, pour
veoir s'il y auroit point quelque chose qui em=
peschast le vent; et, après avoir esprouvé qu'il
n'y avoit rien, souffla dedans à bon escient.
L'on eust dict que c'estoient plusieurs flustes
ensemble, tant cela menoit de bruit; puis, di=
minuant petit à petit la force de son vent, ra=
mena son jeu en un son plus doulx et plus plai=
sant, en leur monstrant tout tant qu'il peut
avoir d'artifice à jouer de telle maniere de fluste,
pour bien mener et faire paistre les bestes aux
champs. Puis leur enseigna combien il falloit
souffler pour un troupeau de bœufs et de va=
ches; quel son est mieulx séant à un chevrier;
quel jeu aiment les brebis et moutons : celui
des brebis estoit doulx et moyen ; celui des

bœufs, fort et pesant; celui des chevres, clair
et agu; et toute ceste diversité de sons se faisoit
d'une seule fluste.

Toute la compaignie cependant demouroit
assise sans mot dire, prenant très grand plaisir
à ouïr si bien jouer Philetas, jusques à ce que
Dryas se levant le pria de jouer quelque gaie
chanson en l'honneur de Bacchus; et lui cepen=
dant dancea une dance de vendanges, faisant
des mines comme s'il vendangeast le raisin, le
portast en des panniers, le foullast dedans la
cuve, entonnast le vin dedans les vaisseaux, et
comme s'il eust beu du vin nouveau : tout ce
qu'il feit si proprement et de si bonne grace,
approchant du naturel, qu'ils cuidoient veoir
devant leurs yeux les vignes, les cuves, les ton=
neaux, et Dryas beuvant à bon escient.

Ce vieillard, ayant si bien et si gentiment
faict son devoir de dancer, à la fin alla baiser
Daphnis et Chloé: lesquels incontinent se leve=
rent, et dancerent le conte de Lamon; Daphnis

contrefaisant le Dieu Pan, et Chloé la belle
Syringe. Il lui faisoit sa requeste; et elle s'en
rioit : elle s'en fouyoit; et il la poursuivoit, cou=
rant sur le bout des arteuils pour mieulx contre=
faire les pieds de chevre de Pan : elle faisoit
semblant d'estre lasse de courir, et, au lieu de
se jetter entre des roseaux, elle s'alloit cacher
dedans le bois; et Daphnis, prenant la grande
fluste de Philetas, en tira un son languissant
comme celui d'un amoureux, un son passionné
comme d'un qui veult toucher, un son de rappel
comme d'un qui va cherchant.

Tellement que le bon homme Philetas, s'es=
bahissant comme il en sçavoit tant, accourut
le baiser; et, après l'avoir baisé, lui feit present
de sa fluste, en priant aux Dieux que Daphnis
la laissast semblablement à un pareil succes=
seur que lui. Daphnis donna la sienne petite à
Pan, et après avoir baisé Chloé, comme estant
retreuvée et retournée d'une véritable fouite, re=
mena son troupeau au tect, en jouant de sa

fluste, pourceque la nuict estoit jà venue : aussi
feit Chloé le sien au son des mesmes chalu=
meaux.

Les chevres marchoient coste à coste des
brebis, et Chloé tout joignant Daphnis ; de sorte
que jusques à la nuict toute noire ils prindrent
l'un de l'aultre tout le plaisir qui leur fut possi=
ble, et feirent leur complot ensemble de reme=
ner le lendemain au plus matin leurs bestes
aux champs, comme ils feirent.

Car incontinent que le jour commença à
poindre, ils revindrent au pasturage ; et ayant
premierement salué les Nymphes, et puis après
Pan, s'allerent asseoir dessoubs un chesne, là
où ils jouerent de la fluste ensemble, s'entre=
baiserent, s'entre-embrasserent, et se couche=
rent l'un auprès de l'aultre. Puis se releverent
sans y faire rien davantage, sinon manger en=
semble, et boire du vin avec du laict.

Toutes lesquelles choses les eschauffoient de
plus en plus et les rendoient plus hardis : telle=

ment que, faisant à l'envi l'un de l'aultre à qui
plus aimeroit sa partie, ils vindrent jusqu'à se
vouloir asseurer l'un de l'aultre par serment.
Daphnis, allant soubs le pin, jura par le Dieu
Pan qu'il ne vivroit jamais un seul jour sans
Chloé; et Chloé, entrant en la caverne des
Nymphes, feit serment qu'elle vivroit et mour=
roit avec Daphnis.

Mais Chloé, comme jeune garse qu'elle es=
toit, fut si simple qu'elle voulut que Daphnis,
au sortir de la caverne, lui jurast un aultre
serment; si lui dit : Ce Dieu Pan, Daphnis, est
un Dieu amoureux, auquel il n'y a point fiance;
il a aimé Pitys, il a aimé Syringe, et ne cesse
jamais de pourchasser les Nymphes Dryades;
de sorte que si tu me faulsois la foi que tu m'as
jurée par lui, il ne s'en feroit que rire, voire
quand bien tu serois amoureux de plus de
femmes qu'il n'y a de chalumeaux en son fla=
geolet : et pour tant jure-moi par ton troupeau,
et par la chevre qui te nourrit et allaicta, que

tu ne laisseras jamais Chloé tant qu'elle n'ai=
mera aultre que toi; et là où elle te fera faulte
et aux Nymphes qu'elle t'a jurées, fouis-la et la
hais, ou la tue ainsi que si c'estoit un loup.

Daphnis fut bien aise de veoir que Chloé
avoit peur de le perdre; et se mettant au mei=
lieu de son troupeau, en tenant de l'une de ses
mains un bouc, et de l'aultre une chevre, jura
qu'il l'aimeroit tant qu'elle l'aimeroit; et que si
elle en préféroit un aultre à lui, il tueroit, au lieu
d'elle, celui qu'elle auroit préféré. Dont elle fut
fort aise, et s'en asseura plus que devant, esti=
mant les brebis et les chevres estre Dieux plus
propres aux bergers et aux chevriers, que nuls
aultres.

LES

AMOURS PASTORALES

DE DAPHNIS

ET

DE CHLOÉ.

~~~~~~

LIVRE TROISIEME.

———————

MAIS les Mityleniens, ayant entendu comme
ceux de Methymne avoient envoyé dix galeres
à leur dommage, et mesmement ayant esté ad=
vertis par les paysans comme ils avoient couru
leurs terres et pillé leurs biens, estimerent que
c'estoit chose indigne d'eux de souffrir un tel

oultrage sans revenche, et deslibererent prom=
ptement prendre les armes contre eux. Si le=
verent incontinent trois mille hommes de pied,
et cinq cents chevaulx, et envoyerent par terre
leur capitaine général, nommé Hippase, pour
leur faire la guerre, craignant de les mettre sur
mer en temps approchant de l'hiver.

Le capitaine, se partageant avec ses gens,
ne fourragea point les terres des Methymniens,
ni n'emmena le bestail des pauvres laboureurs
et des paysans, pourcequ'il estimoit cela estre
le faict d'un larron, et non pas d'un capitaine;
ains tira droict vers la ville, espérant la sur=
prendre les portes ouvertes et sans gardes. Mais
quand il en fut près environ six lieues, un hé=
rault de Methymne lui vint au-devant, qui lui
apporta nouvelle que les Methymniens ne vou=
loient que paix, pourcequ'ayant entendu par
ceux que leurs capitaines avoient emmenés pri=
sonniers, que les Mityleniens ne sçavoient du
tout rien de ce qui avoit esté faict à leurs jeu=

nes gens, et que ce avoient faict des paysans
qui les avoient battus pour quelques insolences
par eux faictes, se repentoient bien fort d'avoir
si longuement offensé leurs voisins, et se met=
toient en tout debvoir, offrant de rendre et
restituer tout ce qui auroit esté prins sur eux,
à celle fin qu'ils peussent traffiquer et hanter
par terre et par mer avec eux, sans crainte ne
danger.

Hippase, capitaine général des Mityleniens,
envoya ce hérault au conseil de Mitylene, com=
bien qu'il eust toute puissance et auctorité sou=
veraine, et s'en alla camper environ à demi=
lieue de Methymne, où il attendit la response
du conseil : et de là à deux jours vint pardevers
lui un messager qui lui apporta mandement
exprès du peuple de Mitylene pour récevoir
tout ce que l'on avoit prins et pillé sur eux, et
pour s'en retourner à tout, sans faire au demou=
rant mal ne desplaisir quelconque au territoire
de Methymne; car ayant le choix de la paix ou

de la guerre, ils treuverent que la paix estoit plus profitable pour eux. Ainsi la guerre des Methymniens, entreprinse par estrange com=mencement, fut en ceste maniere aussitost as=soupie que commencée.

Là-dessus survint l'hiver, qui fut à Daphnis et à Chloé plus aspre et plus dur à passer que le temps de la guerre; car incontinent la neige, tombant en grande abondance, couvrit les che=mins, et enferma les laboureurs en leurs mai=sons : les torrents impétueux tomboient aval du hault des montaignes, l'eau se geloit, les arbres sembloient morts; on ne voyoit point la terre, sinon alentour des fonteines et des rivieres: tellement que l'on ne pouvoit mener les bestes aux champs, non pas sortir de la maison seu=lement; et faisoient un grand feu au meilieu de leur maison, alentour duquel, dès que les cocqs avoient chanté le matin, chacun venoit faire sa besongne; les uns filoient des cordes, les aul=tres tressoient du poil de chevre, les aultres

faisoient des laqs et collets à prendre des oi=
seaux. Le soing qu'il falloit lors avoir des bœufs
estoit de leur bailler de la paille pour manger
en la bouverie, aux chevres et brebis de la
feuillée en la bergerie, et aux pourceaux de
la fouine et du gland en la porcherie.

Estant donc chacun contrainct de garder la
maison pour la rudesse du temps, les aultres,
tant laboureurs que pasteurs, en estoient bien
aises, pourcequ'ils avoient un peu de relasche
en leurs travaux, desjeusnoient matin et dor=
moient la grasse matinée; de sorte que l'hiver
leur sembloit plus doulx que l'esté, ne l'au=
tomne, ne le printemps avec.

Mais Daphnis et Chloé, se souvenant des plai=
sirs passés, comment ils se baisoient, comment
ils s'entre-embrassoient, comment ils beuvoient
et mangeoient ensemble, passoient les nuicts
sans dormir, en grande peine, et attendoient la
saison nouvelle, ne plus ne moins qu'une se=
conde vie après la mort : toutes les fois qu'ils

manioient la pannetiere de laquelle ils souloient
tirer leur manger, cela leur perçoit le cœur;
ou qu'ils voyoient le pot auquel ils souloient
boire, ou bien la fluste, qui estoit un don d'a=
mourettes, jettée quelque part à terre sans que
l'on en tinst compte, cela leur renouvelloit leur
regret : si prioient aux Nymphes et à Pan qu'ils
les deslivrassent de ces maulx, et qu'à tout le
moins ils leur remontrassent à la fin à eux et
leurs bestes le soleil beau et clair; et quand
et quand, en faisant ces prieres aux Dieux, cher=
choient quelque invention par laquelle ils se
peussent entreveoir.

Mais il estoit bien mal-aisé à Chloé, pource=
que celle que l'on estimoit sa mere estoit tous=
jours après elle, lui enseignant à tourner le fu=
seau pour filer la laine, et lui parlant de la
marier. Mais Daphnis, comme celui qui avoit
plus de loisir, et plus de sens aussi, treuva une
telle finesse pour veoir Chloé.

Au-devant de la maison de Dryas estoient

creus deux grands myrtes, et un lierre : les deux
myrtes bien près l'un de l'aultre, et le lierre au
meilieu ; de sorte qu'estendant ses branches sur
l'un et sur l'aultre des myrtes, y faisoit comme
une loge fort couverte, tant les feuilles estoient
espaisses les unes sur les aultres, et par dedans
pendoient force grappes de lierre, comme si
c'eussent esté raisins attachés à des branches
de vigne : à l'occasion de quoi y avoit tousjours,
mesmement l'hiver, grande multitude d'oiseaux,
pourcequ'ils ne treuvoient rien à manger ail=
leurs ; force merles, force grives, force ramiers,
force bisets, et de toute aultre sorte d'oiseaux
qui aiment à manger des grains de lierre.

Daphnis sortit de la maison soubs couleur
d'aller tendre à ces oiseaux, emplissant un petit
bissac de petits gasteaux faicts avec du miel,
et portant aussi de la glu et des collets à pren=
dre des oiseaux, afin que l'on le creust. Or la
distance de l'une des maisons à l'aultre estoit
environ de demi-lieue ; et la neige, qui n'es=

toit point encore fondue, lui faisoit beaucoup
de peine, si n'eust esté qu'Amour passe par=
tout, et marche par-dessus le feu et par-dessus
la neige, fust-elle aussi espaisse et aussi haulte
que celle de la Tartarie.

Quand il fut arrivé, il secoua la neige qu'il
avoit aux pieds, tendit ses collets, et englua de
longues verges avec la glu qu'il avoit apportée,
puis s'asseit en aguet là auprès, espiant quand
Chloé et les oiseaux viendroient. Or quant aux
oiseaux il en vint en grande compaignie, et en
print tant, qu'il avoit assez à faire à les amasser,
à les tuer, et à les plumer. Mais de la maison
il ne sortoit personne, ni homme, ni femme,
ni cocq, ni poulle; ains se tenoient tous enfer=
més, clos et couverts au long du feu, dont le
pauvre Daphnis estoit en grand esmoi d'estre
venu si mal à poinct et à heure si malheu=
reuse.

Si osa bien penser de contreuver quelque
occasion pour entrer dedans la maison, discou=

rant en lui-mesme quelle couleur seroit la plus
croyable. S'il disoit, Je viens querir du feu; on
lui eust peu respondre : Eh comment ! n'avez=
vous pas de plus proches voisins?=Je demande
du pain. = Ton bissac est tout plein de vivres!
=Je cherche du vin. =Il n'y a que trois jours
que vous avez faict vendanges! = Le loup m'a
poursuivi.=Et où en est la trace?=J'estois venu
chasser aux oiseaux.=Hé bien! que ne t'en vois=
tu doncques après que tu en as assez prins?=Je
veulx voir Chloé..... eh! qui confesseroit à un
père ou à une mère estre venu pour veoir leur
fille? par-tout les garsons se taisent sur ce poinct.
Ainsi n'y a-t-il pas une de toutes ces occasions-
là où il n'y ait tousjours quelque soupçon : il
vault doncques mieulx que je me taise; je re=
verrai Chloé au printemps, puisque les Dieux
ne veulent pas, comme je crois, que je la voie
en hiver.

Daphnis ayant faict ces discours en lui=
mesme, et serrant jà les oiseaux qu'il avoit

prins, se vouloit mettre en chemin pour s'en re=
tourner : mais comme si expressement Amour
eust eu pitié de lui, voici qu'il advint.

Dryas et sa famille estoient à table, le pain
et la viande toute preste, chacun entendoit à
boire et à manger; et cependant l'un des chiens
de la bergerie, voyant que l'on ne se donnoit
point de garde de lui, happa un loppin de chair
et s'en fouit hors de la maison à tout. De quoi
Dryas courroucé, pour autant mesmement que
c'estoit sa part, print un baston et s'en courut
après. En le poursuivant, il passa au long du
lierre où Daphnis avoit tendu ses gluaux, et
veit comme il chargeoit desjà sa prinse sur ses
espaules, et s'apprestoit pour s'en retourner.
Sitost qu'il l'apperceut, il oublia et chair et
chien, et, criant à haulte voix Dieu te garde,
mon fils! le vint accoller et baiser, le print par
la main, et le mena en sa maison.

Quand Chloé et Daphnis s'entreveirent, à
peine qu'ils ne tomberent tous deux par terre,

de grande aise qu'ils eurent ; mais toutefois
ils se perforcerent de se tenir sur leurs pieds,
et s'entresaluerent et baiserent, ce qui leur fut
comme un estai et appui, qui les engarda de
tomber.

Ainsi Daphnis, jouissant, contre son espé=
rance, non seulement de la veue de Chloé,
mais en ayant aussi receu un baiser, s'assit au=
près du feu, et deschargea sur la table les
merles et les ramiers qu'il avoit prins, contant
à la compaignie comme, estant ennuyé de tant
demourer enfermé dans la maison, il s'en estoit
venu chasser aux oiseaux, et comment il en
avoit prins aucuns avec des collets, et aultres
avec des gluaux, ainsi qu'ils venoient pour
manger des grappes de lierre et des grains de
myrtes.

Ceux de la maison le louerent grandement
de son bon esprit, et le prierent de manger à
bonne chere de ce que le mastin leur avoit laissé,
commandant à Chloé qu'elle leur versast à

boire : ce qu'elle feit bien volontiers, à tous les
aultres premierement, et puis à Daphnis le
dernier, car elle faisoit semblant d'estre marrie
contre lui de ce qu'estant approché si près de
la maison il s'en estoit voulu aller sans la veoir
ni parler à elle; et néantmoins, avant que lui
présenter, elle but en la tasse, puis lui bailla
le demourant; et lui, encore qu'il eust grand'
soif, but lentement à longue haleine pour en
avoir tant plus de plaisir.

Si fut tantost la table vuide : toutefois, se
tenant encore assis, ils lui demandoient com=
ment se portoient Myrtale et Lamon, disant
qu'ils estoient bien heureux d'avoir un tel bas=
ton de leur vieillesse. Desquelles louenges Da=
phnis n'estoit pas marri, mesmement pource=
qu'on les lui donnoit en la présence de sa Chloé;
mais encore, quand ils lui dirent qu'ils le re=
tiendroient pour tout le jour, à cause que Dryas
devoit le lendemain faire un sacrifice à Bacchus,
peu s'en fallut qu'il ne les adorast au lieu de

Bacchus : si tira de son bissac force petits gas=
teaux, et des oiseaux qu'il avoit prins, lesquels
ils habillerent pour soupper. Ainsi fut de re=
chef le feu allumé, le vin tiré, la table dressée :
et sitost qu'il fut nuict close, se mirent à soup=
per ; après lequel ils passerent le temps, partie
à faire de plaisants contes, et partie à chanter,
jusques à ce que l'envie de dormir leur fust
venue ; et alors ils s'en allerent coucher, Chloé
avec sa mere, Daphnis avec Dryas.

Toute la nuict Chloé ne feit aultre chose que
penser au plaisir qu'elle auroit le lendemain de
veoir son Daphnis ; et Daphnis se repeut d'une
vaine volupté, estimant que ce lui seroit grand
plaisir de coucher seulement avec le pere de sa
Chloé ; de sorte qu'il le baisa et l'embrassa plu=
sieurs fois, pensant baiser et embrasser Chloé.

Le lendemain matin il feit un froid extresme,
et tira un vent de bise si aspre, qui brusloit et
perçoit tout. Quand ils furent levés, Dryas sa=
crifia à Bacchus un mouton d'un an, alluma un

grand feu, et appresta le disner. Par ainsi, pen=
dant que Napé estoit embesongnée à cuire le
pain, et Dryas à rostir le mouton, Chloé et
Daphnis, estant de loisir, sortirent tous deux
hors de la maison, et s'en allerent dessoubs le
lierre, où de rechef ils dresserent des collets,
pendirent des gluaux, et prindrent encore un
grand nombre d'oiseaux, et s'entrebaisant
parmi continuellement, et tenant de tels propos
amoureux :

= Je suis ici venu pour l'amour de toi, Chloé.
= Je sçais bien, Daphnis. = C'est pour l'amour
de toi que je tue ces pauvres merles ; comment
doncques suis-je en ta grace? je te prie qu'il te
souvienne de moi. = Il m'en souvient aussi, par
les Nymphes que je t'ai jurées dans la caverne,
où nous nous retrouverons encore sitost que la
neige sera fondue. = Mais elle est bien haulte,
disoit Daphnis, et ai grand' peur que je ne sois
fondu moi-mesme devant elle. = Ne te soulcie,
Daphnis, le soleil est jà chauld. = Pleust aux

Dieux, Chloé, qu'il fust aussi chauld que le feu
que je sens en mon cœur! =Tu te mocques
de moi, disoit Chloé. =Non fais, par les che=
vres que tu m'as faict jurer.

Ainsi que Chloé respondoit en ceste sorte à
son Daphnis, ne plus ne moins que l'écho,
Napé les appella : ils s'y en coururent, portant
quand et eux leur prinse, laquelle estoit bien
plus grande que celle du jour de devant. Et
après avoir faict l'offrande des primices du sa=
crifice à Bacchus, se seirent à table pour disner,
ayant autour de leurs testes des chapeaux de
lierre : et après avoir bien repeu et bien chanté
les louenges de Bacchus, renvoyerent Daphnis,
lui garnissant très bien son bissac de pain et de
chair, et si lui rebaillerent les grives et ramiers
qu'il avoit prins, pour les porter à Myrtale et
à Lamon, disant que quant à eux ils en pren=
droient bien tousjours quand ils vouldroient,
tant que l'hiver dureroit et que les grappes
de lierre ne fauldroient point. Ainsi se partit

Daphnis en les baisant tous, premier que Chloé, afin que son baiser lui restast pur et net.

Depuis il y revint plusieurs fois par aultres subtilités, de sorte que l'hiver ne se passa point du tout pour eux sans quelque plaisir amou= reux.

Et sur le commencement du printemps, que la neige se fondoit, la terre se descouvroit, et l'herbe dessoubs poignoit, les aultres pasteurs menerent leurs bestes aux champs, mais, de= vant tous, Daphnis et Chloé, comme ceux qui servoient à un bien plus grand pasteur; et in= continent s'en coururent droict à la caverne des Nymphes, et de là au pin soubs lequel estoit l'image de Pan, et puis dessoubs le chesne, où ils s'assirent, en regardant paistre leurs trou= peaux, et s'entrebaisant quand et quand.

Puis allerent chercher des fleurs pour faire des chapeaux aux images; mais elles ne fai= soient encore que commencer à poindre par la doulceur du petit béat de zephyr qui ouvroit

la terre, et la chaleur du soleil qui les eschauf=
foit : toutefois encore treuverent-ils de la vio=
lette, du moron, du muguet, et d'aultres telles
premieres fleurs que produit la saison nou=
velle, dont ils feirent des chapelets, et en alle=
rent couronner les testes aux images, en leur
offrant du laict nouveau de leurs brebis et de
leurs chevres.

Puis commencerent aussi à jouer un petit de
leurs chalumeaux, comme s'ils eussent voulu
provoquer les rossignols à chanter, lesquels leur
respondoient de dedans les bois, commençant
petit-à-petit à reprendre leur ramage, qu'un
long silence leur avoit faict oublier.

Les brebis besloient, les aigneaux saultoient,
et se courboient soubs le ventre de leurs meres
pour tetter : les beliers poursuivoient les brebis
qui n'avoient point encore aignelé, et, après
qu'ils les avoient arrestées, sailloient chacun la
sienne. Autant en faisoient les boucs après les
chevres, saultant à l'environ, et quelques uns

15

combattant pour l'amour d'elles : chacun avoit la sienne, et gardoit qu'aultre que lui ne la couvrist.

Toutes lesquelles choses eussent peu inciter des vieillards refroidis à desirer la jouissance d'amour; et, par plus forte raison, inciterent= elles ces deux jeunes personnes, qui estoient en la premiere fleur de leur jeunesse, et qui, pourchassant de long-temps le dernier but de contentement d'amour, brusloient en oyant ce qu'ils oyoient, et se fondoient de desir en voyant ce qu'ils voyoient, cherchant quelque chose qu'ils ne pouvoient treuver, oultre le bai= ser et l'embrasser.

Mesmement Daphnis, lequel estant devenu grand et en bon poinct, pour n'avoir bougé tout le long de l'hiver de la maison à ne rien faire, frissoit après le baiser, et estoit gros, comme l'on dit, d'embrasser, faisant toutes choses plus ardemment, plus curieusement et plus hardiment que paravant, pressant Chloé de lui octroyer tout ce qu'il vouloit, et de se

coucher nue à nud avec lui plus longuement
qu'ils n'avoient accoustumé : Car il n'y a, disoit=
il, que ce seul poinct qui nous reste des ensei=
gnements de Philetas pour la derniere et seule
medecine qui appaise l'amour.

Chloé lui demandoit : Et qu'y a-t-il plus à
coucher nue à nud par-dessus le baiser et l'em=
brasser, qu'à coucher tout vestu ? Cela, respon=
doit Daphnis, que les beliers font aux brebis,
et les boucs aux chevres. Vois-tu comment après
cela les brebis ne s'en fouient plus, ne les beliers
aussi ne se travaillent plus pour courir après,
ains paissent tous deux amiablement ensemble,
comme estant tous deux assouvis et contents ?
et doibt estre quelque chose plus doulce que ce
que nous faisons, et qui surpasse l'amertume
d'amour. Hé dea ! disoit Chloé, ne vois-tu pas
comment les beliers et les brebis, les boucs et
les chevres, en faisant ce que tu dis, se tiennent
tout debout, les masles saillant dessus, les
femelles soustenant les masles sur le dos ? et tu

veux que je me couche par terre avec toi, et
encore toute nue, là où les femelles sont plus
garnies de laine et de poil, et plus velues que
je ne suis couverte quand je suis toute vestue!

Daphnis ne sçavoit que respondre à cela, et,
lui obéissant, se couchoit auprès d'elle tout
vestu, où il demouroit long-temps, gisant
tout de son long, ne sçachant par quel bout se
prendre pour faire ce que tant il desiroit. Il la
faisoit relever, et l'embrassoit par derriere en
imitant les boucs; mais il s'en treuvoit encore
moins satisfait que devant. Si se rassit à terre,
et se print à plorer sa sottise de ce qu'il sçavoit
moins que les beliers comment il falloit ac=
complir les œuvres d'amour.

Or y avoit-il près de là un laboureur qui ne
tenoit point de terres d'aultrui, ains labouroit
son propre héritage : on l'appelloit Chromis,
homme ayant jà passé le meilleur de son aage,
et estant fort cassé. Sa femme au contraire estoit
jeune, belle, et plus délicate que ne sont ordi=

nairement les femmes des paysans; elle avoit
nom Lycænion : laquelle, voyant tous les matins
passer Daphnis au long de leur maison menant
ses bestes en pasture, et les ramenant tous les
soirs au tect, eut envie de s'accointer de lui,
et faire en sorte, par dons, par appasts et ca=
resses, qu'il devinst son amoureux : et l'ayant
un jour treuvé seulet, lui donna une fluste, une
gauffre à miel, et une pannetiere de peau de
cerf; mais elle ne lui osa rien demander pour
ce coup-là, se doubtant bien qu'il estoit amou=
reux de Chloé, pourcequ'il estoit tousjours avec
elle; et néantmoins n'en sçavoit aultre chose
sinon qu'elle les voyoit rire l'un à l'aultre, et
faire quelques signes de la teste.

Mais pour en estre plus certainement infor=
mée, elle feit alors entendre à son mari Chro=
mis qu'elle s'en alloit veoir une sienne voisine
qui estoit en travail d'enfant, toute preste d'ac=
coucher, et suivit à la trace ces deux jeunes
gens, pour estre du tout asseurée de ce dont

elle se doubtoit : si se cacha derriere un buisson,
afin qu'elle ne fust point apperceue, et de là veit
tout ce qu'ils feirent, et entendit tout ce qu'ils
dirent, et mesme remarqua très bien qu'elle ouït
plorer Daphnis, pourcequ'il ne sçavoit treuver
le moyen de jouir de ses amours. Parquoi ayant
pitié de ces deux pauvres jeunes amants, et
quand et quand considerant que double occa=
sion de bien faire se présentoit à elle, l'une de
les instruire de leur bien, et l'aultre d'accomplir
son desir, elle usa d'une telle finesse.

Le lendemain matin, faisant semblant de s'en
aller veoir sa voisine qui travailloit d'enfant,
elle s'en alla droict sans se cacher vers le chesne
soubs lequel Daphnis estoit assis; et en contre=
faisant parfaictement bien la marrie troublée :
Hélas! dit-elle, mon ami Daphnis, je te prie,
aide-moi : je n'avois que vingt pauvres oisons,
et voilà une aigle qui m'en vient de ravir le plus
beau; mais pourceque c'estoit un trop grand
fardeau pour elle, elle ne l'a peu porter jusques

sur ceste haulte roche, là où est son aire, ains
est tombée à tout en ce petit bois taillis ici tout
près : et pour ce je te prie, en l'honneur des
Nymphes et de Pan, que tu y viennes avecque
moi pour m'aider à le recourir; car j'ai peur d'y
entrer toute seule. Ne veuille souffrir que mon
compte soit imparfaict : à l'adventure pourras=
tu bien tuer l'aigle mesme, et par ainsi elle ne
ravira plus vos petits aigneaux ni vos chevreaux;
et ce pendant Chloé gardera tous vos deux trou=
peaux, car tes chevres la cognoissent aussi bien
comme toi, pourceque vous estes tousjours par
les champs ensemble.

Daphnis, ne se doubtant point de l'embus=
che, se leva incontinent, print sa houlette en sa
main, et s'en alla après Lycænion, qui le mena
le plus avant qu'elle peut dedans le bois, et le
plus loing de Chloé, jusques auprès d'une fon=
teine, où elle feit seoir Daphnis, et lui dit :
Amour et les Nymphes ceste nuict me sont ve=
nus en dormant conter comment et pour quelle

cause tu plorois hier, et si m'ont commandé
que te ostasse de ceste peine, en te monstrant
comment il faut faire le jeu d'amour, qui n'est
pas seulement baiser et accoller, ni faire comme
les beliers et les boucs; c'est bien aultre chose,
et bien plus plaisante et plus doulce que tout
cela. Parquoi, si tu veux estre deslivré du des=
plaisir que tu en as, et esprouver l'aise que tu y
cherches, ne fais seulement que te donner à moi
pour apprenti joyeux et gaillard; et, en faveur
des Nymphes, je t'en monstrerai ce qui en est.

Daphnis perdit toute contenance, tant il fut
aise, comme un pauvre garson de village jeune
et amoureux : si se met à genoux devant Lycæ=
nion, la priant bien fort de lui enseigner ce
plaisant mestier le plustost qu'elle pourroit,
afin qu'il peust faire ce qu'il desiroit à Chloé :
et, comme si c'eust esté quelque grand et mal=
aisé secret, lui promit qu'il lui donneroit un
chevreau, des fromages mols, de la cresme, et
plustost la chevre avec.

Ainsi Lycænion, treuvant en ce jeune che=
vrier une simplicité plus grande qu'elle n'eust
pensé, commença à le passer maistre en ceste
maniere. Elle lui commanda de s'asseoir auprès
d'elle, et de la baiser comme il avoit accous=
tumé de baiser Chloé, et, en la baisant, de l'em=
brasser le plus estroictement qu'il lui seroit
possible, et finablement de se mettre de son
long par terre avec elle. Après que Daphnis se
fut assis auprès d'elle, qu'il l'eut baisée, et se
fut couché par terre, Lycænion, le treuvant en
estat, le sousleva un peu, et se glissa adroite=
ment dessoubs lui, puis elle le mit dans le
chemin qu'il avoit jusques-là cherché. Tout se
passa à l'ordinaire, la nature elle-mesme lui
ayant apprins ce qu'il y avoit de plus à faire.

Fini cet apprentissage, Daphnis, aussi sim=
ple comme devant, s'en voulut courir inconti=
nent devers Chloé pour lui faire tout aussitost
ce qu'il venoit d'apprendre, comme s'il eust eu
peur d'oublier sa leçon si plus il différoit. Mais

16

Lycænion le retint, et lui dit : Il faut que tu sçaches encore ceci, Daphnis ; c'est que pour autant que j'estois desjà femme, tu ne m'as point faict de mal à ce coup ; car un aultre homme, il y a jà quelque temps, me monstra le mestier, et en eut mon pucelage pour son loyer. Mais quand Chloé luttera ceste lutte avec toi, elle sentira du mal pour la premiere fois, et criera, et si saignera, comme qui l'auroit tuée : mais n'aie point de peur pour cela ; et quand tu auras tant faict envers elle qu'elle se veuille abandonner à toi, amene-la en ce lieu, à celle fin que si elle crie, personne ne l'oie, et si elle plore, que personne ne la voie, et si elle saigne, qu'elle se lave en ceste fonteine ; et te souvienne doresnavant que je t'ai faict homme premier que Chloé.

Après lui avoir donné ces enseignements, Lycænion s'en alla d'un aultre costé du bois, faisant semblant d'aller encore chercher son oison.

Or Daphnis, pensant à ce qu'elle lui avoit
dict, retint et refrena un peu son premier ap=
pétit, deslibérant n'exiger rien de Chloé oultre
le baiser et l'embrasser accoustumé; car il ne
vouloit point la faire crier, pourcequ'il eust
semblé que c'eust esté son ennemi; ni la faire
plorer, car c'eust esté signe qu'elle eust senti
mal; ou la faire saigner comme qui l'auroit bles=
sée, pourcequ'estant encore nouveau apprenti
il craignoit merveilleusement ce sang, et pen=
soit estre chose impossible qu'il sortist du sang,
sinon d'une grande blessure. Si s'en retourna
hors du bois, en résolution de prendre avec
elle les plaisirs accoustumés seulement.

Se rendant au lieu où elle estoit assise faisant
un chapelet de violettes, lui contreuva qu'il
avoit arraché d'entre les serres mesmes et les
griffes de l'aigle l'oison de Lycænion; et se jet=
tant sur elle, la baisa de la sorte qu'il avoit baisé
Lycænion durant le déduit; car cela seul pou=
voit-il, à son advis, faire sans danger. Et Chloé

lui mit sur la teste le chapeau de violettes
qu'elle venoit de faire, et lui baisa, en le met=
tant, les cheveux, comme sentant, à son gré,
meilleur que les violettes ; puis tira de sa pan=
netiere un morceau de gasteau, qu'elle lui
donna à manger; et comme il mordoit dedans,
elle lui ostoit de la bouche et le mangeoit elle=
mesme, ne plus ne moins qu'un petit oiseau
qui prend sa becquée du bec de sa mere.

Ainsi qu'ils mangeoient ensemble, et s'entre=
baisoient plus de fois qu'ils n'avaloient de mor=
ceaux, ils apperceurent une barque de pes=
cheurs qui passoit au long de la coste. Il ne
faisoit bruit quelconque, et estoit la mer fort
calme; au moyen de quoi les pescheurs s'estoient
mis à ramer à la plus grande diligence qu'ils
pouvoient, pour porter en quelques bonnes
maisons de la ville du poisson tout frais pesché :
et ce que les aultres mariniers et gens de rames
ont tousjours accoustumé de faire pour soula=
ger leur travail, ces pescheurs le faisoient alors;

c'est que l'un d'entre eux, pour donner courage
aux aultres, chantoit ne sçais quel chant de
marine, et les aultres lui respondoient à la ca=
dence, comme l'on fait en une dance.

Or tant qu'ils voguerent en pleine mer le son
se perdoit, à cause que la voix s'évanoissoit en
l'air; mais quand ils vinrent à passer la poincte
d'un escueil, et entrer en une baie creuse en
forme de croissant, on ouït bien plus fort le
bruit des rames, et entendit-on plus clairement
le son de leur chanson, pourceque le champ
voisin du rivage de la mer en cet endroit-là
estoit une longue vallée, au-dessoubs d'un cos=
teau de montaigne, laquelle recepvant le son,
comme le vent qui s'entonne dedans une fluste,
rendoit un retentissement qui représentoit à
part le son des rames, et la voix des mariniers
à part, qui estoit une chose assez plaisante à
ouïr; car pourceque la voix venoit de la mer,
celle qui retentissoit sur la terre finissoit d'au=
tant plus tard que plus tard elle commençoit.

Daphnis, qui sçavoit bien dont ce retentisse=
ment procédoit, ne regardoit seulement qu'en
la mer, et taschoit à retenir quelque couplet de
chanson, afin de la jouer puis après sur sa fluste.
Mais Chloé, qui jamais n'avoit ouï ce resonne=
ment de la voix qu'on appelle écho, tournoit sa
teste tantost vers la mer, pendant que les pes=
cheurs chantoient, et tantost vers le bois, re=
gardant où estoient ceux qui leur respondoient.
Et quand ils furent passés et esloingnés, voyant
qu'il y avoit un si grand silence en la mer, elle
demanda à Daphnis si derriere l'escueil il y
avoit une aultre mer, et une aultre barque, et
d'aultres mariniers qui voguassent.

Daphnis se print doulcement à sousrire, et la
baisa encore plus doulcement, puis, lui mettant
le chapeau de violettes sur la teste, commença
à lui conter la fable d'Écho, lui demandant,
pour loyer de lui faire ce beau conte, dix aultres
baisers. Si lui dit :

Ma mie, il y a plusieurs sortes de Nymphes,

toutes belles, et sçavantes en l'art de chanter;
les unes sont Nymphes des prés, les aultres des
eaux, les aultres des bois. Et de l'une de celles-là
fut jadis Écho, fille mortelle, pourcequ'elle
avoit esté engendrée d'un pere mortel, et belle,
comme fille d'une belle mere. Elle fut nourrie
par les Nymphes, et apprinse par les Muses,
qui lui monstrerent à jouer de la fluste, de la
lyre, et de tous les aultres instruments de mu=
sicque; tellement qu'estant jà venue en fleur de
son aage, elle danceoit avec les Nymphes, et
chantoit avec les Muses; mais elle fouyoit les
masles, autant les Dieux que les hommes, ai=
mant trop la virginité. Pan se courroucea à elle,
ayant envie de ce qu'elle chantoit si bien, et
estant despit de ce qu'il ne pouvoit venir à bout
de jouir de sa beauté; tellement qu'il feit deve=
nir enragés les bergers et les chevriers du pays
où elle estoit, qui, comme loups et mastins
affamés, déchirerent la pauvre fille en pieces,
et en jetterent les membres çà et là, chantant

encore ses chansons. Mais la terre, en faveur
des Nymphes, conserva son chant et retint sa
musicque, de maniere qu'au gré des Muses elle
rend encore maintenant toute telle voix que
l'on veult, representant, ainsi que faisoit la pu=
celle de son vivant, les Dieux, les hommes, les
instruments de musicque, les bestes ; et Pan
lui-mesme quand il joue de sa fluste, et lui
entendant contrefaire son jeu, saulte et court
après, non pour desir ou espérance qu'il ait
d'en jouir, mais seulement pour sçavoir qui est
celui qui apprend à contrefaire son jeu, sans
qu'il le voie ne cognoisse.

Daphnis ayant faict ce conte, Chloé le baisa
non seulement dix fois, comme il avoit de=
mandé, mais beaucoup plus de fois ; car Écho
répéta après lui presque tout ce qu'il avoit dict,
comme voulant tesmoigner qu'il n'avoit point
menti.

La chaleur du soleil alloit tous les jours de
plus en plus augmentant, pourceque le prin=

temps finissoit et l'esté commençoit : ainsi
avoient-ils de nouveaux passe-temps convena=
bles à la saison d'esté. Daphnis se baignoit de=
dans les rivieres, et Chloé se lavoit dedans les
fonteines. Daphnis jouoit du flageolet à l'envi
des pins que les vents faisoient resonner, et
Chloé chantoit à l'encontre du rossignol, à qui
mieulx mieulx. Ils chassoient aux cigales, pre=
noient des saulterelles, cueilloient des fleurs,
croulloient des arbres fruictiers, et en man=
geoient des fruicts; et quelquefois se couchoient
ensemble nue à nud, en estendant soubs eux
une peau de chevre : et lors eust Chloé esté
faicte femme si Daphnis n'eust eu crainte de lui
faire sang; de quoi il avoit si belle peur, que,
craignant de ne pouvoir pas estre tousjours
maistre de soi, il ne permettoit pas que Chloé
se despouillast souvent toute nue; tellement
que Chloé mesme s'en esmerveilloit, mais elle
avoit honte de lui en demander la cause.

Or, en cet esté, plusieurs poursuivants de

tous costés vindrent de rechef à Dryas lui de=
mander Chloé à mariage ; les uns lui appor=
toient des présents, les aultres lui en pro=
mettoient de grands : tellement que Napé, mue
d'avarice, lui conseilloit de la marier, sans gar=
der plus longuement une fille si grande en sa
maison, pourceque, si on ne se hastoit de lui
donner mari, elle pourroit, à l'adventure bien=
tost, en gardant ses bestes par les champs, per=
dre son pucelage, et se marier, pour des pommes
ou des roses, avec quelque berger ; et pourtant
disoit-elle qu'il valloit mieulx, pour le bien de
la fille, et d'eux aussi, la faire maistresse de la
maison de quelque laboureur, et prendre beau=
coup de biens que l'on leur offroit pour ce faire,
lesquels ils garderoient à leur petit fils ; car
elle avoit non gueres auparavant faict un petit
garson.

Dryas lui-mesme se laissoit aller à ces pro=
messes ; car chacun des poursuivants lui faisoit
des offres plus grandes qu'il ne méritoit pour la

poursuitte du mariage d'une simple bergere.
Toutefois, pensant en lui-mesme puis après
que la fille estoit de meilleur lieu venue que
d'estre mariée avec un paysan, et que s'il adve=
noit qu'elle retrouvast ses vrais parents, elle les
feroit tous riches et heureux, il différoit d'en
rendre certaine response, et les remettoit tous=
jours d'une saison à aultre, en quoi faisant il
gagnoit tout plein de beaux présents que l'on
lui donnoit.

Ce que Chloé entendant, en estoit fort des=
plaisante; et toutefois fut long-temps sans vou=
loir descouvrir à Daphnis la cause de son en=
nui, de peur de le fascher aussi : mais à la fin,
voyant que Daphnis l'en pressoit et importunoit
tant et si souvent, et qu'il s'ennuyoit plus de
n'en rien sçavoir, qu'il n'eust peu faire après
l'avoir sceu, elle lui conta tout; combien il y
avoit de riches poursuivants qui la demandoient
en mariage; les parolles que Napé disoit à son
mari pour l'induire à la marier; et comment

Dryas n'y avoit point contredict, ains avoit re=
mis le mariage aux prochaines vendanges.

Daphnis ayant ouï ces parolles, à peine qu'il
ne perdist sens et entendement; et se séant à
terre se print à plorer chauldement, disant qu'il
mourroit de regret si Chloé désistoit de venir
aux champs garder les bestes avec lui, et que
non lui seulement, mais que les brebis et mou=
tons aussi en mourroient de desplaisir, s'ils
perdoient une telle bergere. Toutefois, après
avoir bien ploré, il se revint un petit, et, repre=
nant ses esprits, se mit en la teste qu'il la pour=
roit bien avoir lui-mesme, s'il la demandoit à
son pere, espérant surmonter facilement tous
les aultres, et estre préféré à eux.

Il n'y avoit qu'une chose seule qui le trou=
blast; c'est que son pere nourricier Lamon n'es=
toit pas riche : ce seul poinct lui affoiblissoit fort
son espérance. Toutefois il proposa, quoi qu'il
en deust advenir, de la demander à femme, et
Chloé mesme en fut bien d'advis : si n'en osa=

t-il de prime face rien dire à Lamon, mais des=
couvrit plus hardiment son amour à Myrtale,
et lui tint propos comme il la desiroit espouser.

Myrtale, la nuict, en parla à son mari : mais
Lamon le treuva fort maulvais, et appella sa
femme beste, de vouloir que son nourrisson
fust marié avec la fille d'un berger, veu que,
par les enseignes de recognoissance qu'il avoit
treuvées quand et lui ; lui promettoit bien plus
grand estat et meilleure fortune ; de sorte qu'il
espéroit que quelque jour, quand il auroit re=
treuvé ses parents, il les pourroit non seule=
ment affranchir et deslivrer de servitude, mais
aussi les faire propriétaires d'une meilleure et
plus grande terre que celle qu'ils tenoient de
leur maistre.

Toutefois Myrtale, craignant que Daphnis,
quand il se verroit totalement descheu de l'es=
pérance de pouvoir parvenir à ces nopces tant
desirées, ne prinst la hardiesse de faire quelque
maulvais coup de sa main, tant il estoit furieu=

sement espris d'amour, lui allégua aultres occa=
sions et moyens de refus. Nous sommes, dit=
elle, pauvres, mon fils, et avons besoing d'une
fille qui nous apporte plustost qu'à qui il faille
donner : au contraire ils sont riches, eux, et si
veullent avoir un mari qui leur donne. Mais va,
fais tant envers Chloé, et elle envers son pere,
qu'il ne nous demande pas grand' chose, et qu'il
te la donne en mariage : je sçais bien qu'elle
t'aime, et qu'elle aimera beaucoup mieulx cou=
cher avec toi, pauvre et beau comme tu es,
qu'avec pas un de ces aultres poursuivants, qui
sont riches et laids comme marmots.

Myrtale cuidoit bien par ce moyen avoir hon=
nestement esconduict Daphnis, pourcequ'elle
tenoit pour tout certain que jamais Dryas ne
s'y consentiroit, ayant en mains d'aultres plus
riches poursuivants qui lui offroient beaucoup
de biens.

Et néantmoins Daphnis ne se pouvoit plain=
dre de la response : mais cognoissant qu'il s'en

falloit beaucoup qu'il ne peust payer ce qu'on
lui demandoit, feit ce que les amants qui sont
pauvres ont ordinairement accoustumé de faire,
c'est qu'il se mit de rechef à plorer, en invo=
quant les Nymphes en son aide. Lesquelles la
nuict ensuivante, comme il dormoit, s'apparu=
rent à lui en mesme forme et maniere qu'elles
avoient faict auparavant ; et lui dit la plus
aagée d'elles :

Touchant le mariage de Chloé, Daphnis,
une aultre Déité que nous en a la superinten=
dance ; mais nous te donnerons moyen de gai=
gner et adoulcir envers toi Dryas. Le batteau
des jeunes hommes Methymniens, duquel tes
chevres, l'année passée, broutterent le lien d'o=
sier verd avec lequel ils l'avoient attaché à la
rive de la mer, fut ce jour-là emmené par les
vents bien loing de la terre ; mais la nuict en=
suivante il se leva un vent marin, qui esmeut
tellement la mer, que les vagues jetterent le
batteau contre les rochers de la coste, où il fut

entierement rompu et fracassé, et la pluspart
de ce qui estoit dedans perdu, sinon que les
ondes pousserent sur la greve une bourse où il
y a trois cents escus; et est encore là enveloppée
et couverte d'herbes que la mer jette dessus,
auprès d'un daulphin mort, qui a esté cause
que nul passant ne s'en est approché, fouyant la
puanteur de ceste charogne. Mais va-s-y, et
prends la bourse avecque ce qui est dedans; ce
sera assez à ceste heure pour monstrer à Dryas
que tu n'es point pauvre, mais ci-après tu seras
bien plus riche.

Elles n'eurent pas sitost achevé ces parolles,
qu'elles disparurent avec la nuict; et sitost que
le jour fut venu, Daphnis se leva tout resjoui,
chassa ses chevres aux champs à force de siffler;
et, après avoir baisé Chloé et salué les Nymphes,
s'en courut incontinent vers la mer, comme si
pour se purifier il eust voulu s'asperger de l'eau
marine. Et se pourmenant au long du rivage
sur le sable, alloit regardant s'il verroit point

ces trois cents escus : à quoi treuver il n'eut pas
grand' peine, car la maulvaise odeur du daul=
phin corrompu lui donna incontinent au nez,
et lui servit de guide pour le conduire au lieu,
où il osta les herbes, et treuva dessoubs une
bourse pleine d'argent, qu'il enleva, et la mit
dedans sa pannetiere. Mais il ne partit point
de là qu'il n'eust premierement adoré et re=
mercié les Nymphes, et la mer mesme ; car,
encore qu'il fust chevrier, si estimoit-il la mer
plus doulce et plus benigne que la terre, parce=
qu'elle lui aidoit à parvenir au mariage de Chloé.

Estant saisi de cet argent, il n'attendit plus ;
ains s'estimant le plus riche, non seulement
de tous les paysans de là entour, mais aussi de
tous les vivants, s'en alla droict à Chloé lui
conter la revelation qu'il avoit eue en dormant ;
lui monstra la bourse qu'il avoit treuvée, et lui
dit qu'elle gardast bien leurs bestes jusques
à ce qu'il fust de retour. Puis s'en alla le plus
roide qu'il peut vers Dryas, lequel il treuva

battant du bled en l'aire avec sa femme Napé.
Si lui commença un brave propos, en lui disant
ces parolles :

Dryas, donne-moi ta fille Chloé en mariage :
je sçais bien jouer de la fluste, je sçais bien be=
songner aux vignes et aux olives, labourer la
terre, vanner le bled au vent ; et au surplus
Chloé elle-mesme te pourra tesmoigner com=
ment je sçais bien garder et gouverner les bestes.
On me bailla au commencement cinquante che=
vres, et je les ai faict multiplier deux fois autant ;
et si ai eslevé de beaux et grands boucquins, là
où il falloit que nous menissions nos chevres
aux boucs de nos voisins pour les faire saillir,
à cause que nous n'en avions point ; et si suis
jeune et vostre voisin, de qui personne ne
se sçauroit plaindre. Une chevre m'a nourri,
comme une brebis a nourri Chloé. Bien que je
deusse, pour tant de choses, estre préféré aux
aultres qui la demandent, encore ne serai-je
point vaincu par eux en dons : ils te donneront

quelques chevres, quelques brebis, ou quelques
paires de bœufs galleux, et du bled dont on ne
sçauroit nourrir trois poulles : mais voici trois
cents escus comptant que je te donnerai; mais ce
sera soubs condition que personne n'en sçaura
rien, non pas Lamon mesme mon pere.

En lui disant ces mots, il lui deslivra l'argent,
et le baisa quand et quand.

Dryas et Napé, voyant si grosse somme de
deniers qu'ils n'en avoient jamais tant veu en=
semble, lui promirent sur-le-champ qu'il auroit
Chloé pour sa femme, et dirent qu'ils feroient
bien treuver bon le mariage à Lamon. Si de=
mourerent Daphnis et Napé ensemble sur l'aire,
et en chassant les bœufs en rond avec les harces
faisoient sortir le bled hors des espis; et Dryas,
ayant premierement serré la bourse et l'argent,
s'en alla soudain treuver Lamon et Myrtale
pour leur demander Daphnis en mariage, qui
estoit une façon bien nouvelle.

Il les treuva comme ils mesuroient de l'orge

que l'on venoit de vanner, et se plaignoient de
ce qu'à grand' peine en treuvoient-ils autant
comme ils en avoient semé. Il les reconforta,
disant qu'ainsi estoit-il par-tout : puis leur de=
manda Daphnis à mari pour Chloé, et leur dit
que, combien que d'aultres lui offrissent beau=
coup de biens pour la accorder, il ne vouloit
néantmoins rien avoir d'eux, ains plustost estoit
prest à leur donner du sien; car ils ont, disoit=
il, esté nourris ensemble, et, en gardant leurs
bestes, ont engendré une telle amitié entre eux,
qu'il seroit maintenant mal-aisé de les séparer;
et estoient jà bien d'aage tous deux pour cou=
cher ensemble. Dryas leur alléguoit ces raisons
et plusieurs aultres, comme celui qui pour loyer
de leur persuader avoit jà receu les trois cents
escus.

Lamon, qui ne pouvoit plus s'excuser sur sa
pauvreté, attendu que les parents de la fille
eux-mesmes l'en pressoient, ne sur l'aage de
Daphnis, pourcequ'il estoit desjà en son ado=

lescence bien avant, n'osa pas néantmoins dire
ouvertement à la vérité ce qui le faisoit reculer
à ce mariage, c'est que Daphnis lui sembloit
estre de trop bon lieu venu pour espouser une
bergere ; mais, après y avoir un peu de temps
pensé, il lui respondit en ceste sorte :

Vous estes gens de bien de préférer vos voisins
à des estrangers, et de n'aimer point plus la ri=
chesse que l'honneste pauvreté : le Dieu Pan et
les Nymphes, en récompense, vous en veuillent
aider ! Et quant à moi, je vous promets que j'ai
autant d'envie que ce mariage se fasse, que vous=
mesme ; aultrement je serois bien insensé, me
voyant desjà sur l'aage, et ayant plus de besoing
d'aide que jamais, si je n'estimois que ce me
fust un grand heur d'estre alloué de vostre
maison ; et si est Chloé telle que l'on la doibt
souhaiter, belle et bonne fille, où il n'y a que
redire. Mais estant serf comme je suis, je n'ai
rien dont je puisse disposer, ains faut que mon
maistre en soit adverti et qu'il le consente ; et

pourtant, je vous prie, différons les nopces jus=
ques aux vendanges, car il doibt en ce temps-là
venir ici, et lors nous les marierons ensemble :
et cependant ils s'entre-aimeront l'un et l'aultre,
comme le frere et la sœur. Seulement te veux-je
bien advertir d'un poinct, Dryas ; c'est que tu
pourchasses avoir pour ton gendre un qui est
issu de trop meilleur lieu et plus grand estat
que nous ne sommes.

Cela dict, il le baisa, et lui présenta à boire,
pourcequ'il estoit jà près de midi, et le renvoya,
en lui faisant toutes les caresses qu'il lui estoit
possible.

Mais Dryas, qui n'avoit pas mis en oreille
sourde les dernieres parolles que Lamon lui
avoit dictes, s'en alloit resvant en lui-mesme qui
pouvoit estre Daphnis : Il a esté nourri par une
chevre, il faut donc bien dire que les Dieux
aient soing de son salut : il est beau, et ne res=
semble en rien à ce vieillard camus, ni à sa
femme pelée ; il a treuvé trois cents escus, à

peine pourroit un chevrier finer autant de pom=
mes : n'auroit-il point esté exposé comme Chloé?
Lamon l'auroit-il point treuvé comme je feis
elle, avec telles marques de recognoissance
comme j'en treuvai ? Ô Pan, et vous Nym=
phes, veuillez qu'il soit ainsi ! À l'adventure que
Daphnis, ayant esté recogneu par ses parents,
pourra bien faire retreuver ceux de Chloé aussi.

Dryas s'en alla pensant et discourant ainsi en
lui-mesme jusques à son aire, là où il treuva
Daphnis en grande dévotion d'ouïr quelles nou=
velles il apportoit ; si l'asseura, en l'appellant de
tout loing son gendre, et lui promettant que les
nopces se feroient sans point de doubte en au=
tomne ; en fiance de quoi il lui donna la main,
l'asseurant que Chloé n'auroit jamais aultre mari
que lui.

Daphnis tout aussitost, sans vouloir ne boire
ne manger, s'en recourut devers Chloé ; et la
treuvant qui tiroit ses brebis, et faisoit des fro=
mages, lui annonça la bonne nouvelle de leur

futur mariage; et de là en avant la baisoit de=
vant tout le monde, comme sa fiancée, et lui
aidoit à faire toute sa besongne : il tiroit les
bestes dedans les tirouers, faisoit prendre le
laict pour en faire des fromages, et approchoit
les petits aigneaux et les chevreaux de leurs
meres pour les faire tetter.

Après qu'ils eurent achevé toute leur beson=
gne, ils s'en allerent pourmener, et chercher
par les champs des fruicts meurs, dont il y avoit
grande abondance, pourceque l'année estoit
bonne et fertile, force poires de bois, force aul=
tres poires et pommes, les unes jà tombées, les
aultres encore pendantes aux branches des ar=
bres : celles qui estoient à bas avoient meilleure
senteur, mais celles qui estoient dessus les ar=
bres estoient plus fraisches; les unes sentoient
comme bon vin, les aultres reluisoient comme
l'or.

Et allant ainsi çà et là, ils treuverent un pom=
mier dont les pommes avoient jà esté toutes

cueillies, et il n'y avoit plus ne feuille ne fruict;
les branches estoient toutes nues, et n'y estoit
demouré qu'une seule pomme à la cime de la
plus haulte branche. Ceste pomme estoit belle
et grosse à merveilles, et sentoit meilleur que
toutes les aultres; mais celui qui les avoit cueil=
lies n'avoit osé monter si hault, et ne s'estoit
point soulcié de l'abattre; et à l'adventure aussi
que les Dieux le vouloient ainsi, qu'une si belle
pomme fust réservée pour un pasteur amou=
reux.

Incontinent que Daphnis l'apperceut, il se
mit en poinct pour l'aller cueillir. Chloé l'en
voulut garder, mais il n'en feit compte : pour=
quoi elle, ayant peur de le veoir tomber, s'en
fouit là où estoient leurs bestes; et Daphnis,
montant alaigrement tout au plus hault du
pommier, alla cueillir la pomme, qu'il lui
porta; et, la voyant mal contente, lui dit
telles parolles :

Chloé ma mie, le beau temps a produict ceste

belle pomme, un bel arbre l'a nourrie, le beau
soleil l'a meurie, et la bonne fortune l'a contre=
gardée pour une belle bergere ; j'eusse bien esté
aveuglé si je l'eusse laissée là, où elle fust tom=
bée par terre, et eust èsté froissée des pieds des
bestes, ou envenimée de quelque serpent qui
eust frayé au long, ou bien eust esté gastée et
pourrie par le temps. La pomme d'or fut jadis
donnée à Vénus pour le prix de sa beauté : et
je te donne celle-ci pourceque tu es plus belle
que toutes les aultres filles du monde. Nous
sommes, Pâris et moi, juges et tesmoins pa=
reils ; car il estoit berger, et je suis chevrier.

  En disant ces parolles il la lui mit en son gi=
ron ; et elle, s'approchant de lui, le baisa si
soefvement, que Daphnis ne se repentit point
d'avoir osé monter sur l'arbre si hault pour la
cueillir, en ayant eu en récompense un baiser,
qui valoit mieulx à son gré que ne faisoit la
pomme d'or.

LES

AMOURS PASTORALES

DE DAPHNIS

ET

DE CHLOÉ.

~~~~~~

LIVRE QUATRIEME.

————

Sur ces entrefaictes vint de la ville de Mitylene
un serviteur du maistre de Lamon, qui lui ap=
porta nouvelles que leur seigneur commun de=
voit venir un peu devant les vendanges, pour
veoir si les Methymniens auroient point faict
de dommage en ses terres. À l'occasion de quoi

Lamon, approchant jà l'automne, et l'esté vieil= lissant, accoustra diligemment le logis, afin que le maistre n'y veist rien qu'il ne lui fust plaisant à veoir : il cura les fonteines, afin que l'eau en fust plus claire et plus nette ; il osta le fumier hors de la cour, afin que la maulvaise odeur ne lui en faschast ; il mit en ordre le verger, afin qu'il le treuvast plus beau.

Vrai est que le verger de soi-mesme estoit une bien fort belle et plaisante chose, et qui approchoit des parcs des grands princes et des rois : il contenoit bien demi-quart de lieue en longueur, et avoit la largeur environ de quatre arpents. On eust dict, à le veoir, que ce n'estoit point un verger, mais un grand champ : car il y avoit de toutes sortes d'arbres fruictiers, des pommiers, des myrtes, des poiriers, des gre= nadiers, des figuiers, des orangiers et des oli= viers ; d'un aultre costé, de la vigne haulte, qui montoit sur les pommiers et sur les poiriers, dont les raisins commençoient jà à se tourner,

comme si la vigne eust estrivé avec les arbres à
qui porteroit le plus beau fruict. D'un aultre
costé estoient les arbres non portant fruict,
comme lauriers, platanes, cyprès, pins, sur les=
quels, au lieu de vigne, y avoit du lierre, dont
les grappes grosses et jà noircissantes contrefai=
soient le raisin. Les arbres fruictiers estoient
tous au dedans vers le centre du jardin, pour
estre mieulx gardés; et les stériles estoient aux
orées tout alentour, comme une closture faicte
tout expressement; et tout cela ceinct et envi=
ronné d'une bonne et forte haie.

Tout y estoit fort bien compassé; les tiges des
arbres estoient assez distantes les unes des aul=
tres; mais les branches s'entrelaçoient telle=
ment, que ce qui estoit de nature sembloit
estre faict par exprès artifice. Il y avoit des car=
reaux de fleurs, dont nature en avoit produict
aucunes, et l'art des hommes les aultres: les
roses, les œillets et les lis, y estoient venus
moyennant l'œuvre de l'homme; les violettes,

le muguet et le moron, de la seule nature : en
esté y avoit de l'ombre; au printemps, des fleurs;
en l'automne, toutes délices; et en tout temps
du fruict selon la saison. Il descouvroit toute la
campagne, et en pouvoit-on veoir les troupeaux
des bestes paissant emmi les champs : on en
voyoit à plein la mer, et les allants et venants
sur icelle au long de la coste, ce qui estoit un
des plus délicieux plaisirs du verger.

Et droictement au meilieu de la longueur et
de la largeur y avoit un temple, avec un autel
dédié à Bacchus : l'autel estoit vestu de lierre, et
le temple couvert de branches de vignes. Au-de=
dans estoient les histoires de Bacchus peinctes;
Semelé qui accouchoit, Ariadne qui dormoit,
Lycurgus lié, Pentheus deschiré en pieces, les
Indiens vaincus, les Tyrrheniens transformés
en daulphins, par-tout des Satyres et des Bac=
chantes qui danceoient. Pan n'y estoit point
oublié, ains estoit assis sur une roche, jouant
de sa fluste, en maniere qu'il sembloit qu'il

jouast une notte commune aux Bacchantes qui
danceoient et aux assistants qui regardoient.

Le verger estant tel d'assiette et de nature,
Lamon encore l'approprioit de plus en plus,
esbranchant ce qui estoit sec et mort aux ar=
bres, et relevant les vignes qui tomboient en
terre : tous les jours il mettoit sur la teste de
Bacchus un chapeau de fleurs nouvelles : il con=
duisoit l'eau de la fonteine dedans les carreaux
où estoient les fleurs ; car il y avoit dedans ce
verger une fonteine que Daphnis avoit treuvée,
dont on arrousoit les fleurs, et l'appelloit-on la
fonteine de Daphnis : et lui avoit Lamon com=
mandé qu'il engraissast bien ses chevres le plus
qu'il pourroit, pourceque le maistre ne fauldroit
pas à les vouloir veoir, à cause qu'il y avoit long=
temps qu'il ne les avoit veues.

Mais Daphnis n'avoit pas peur qu'il ne fust
loué de son maistre, quand il verroit son trou=
peau ; car il l'avoit accreu d'une aultre fois au=
tant comme on lui en avoit baillé au commen=

cement, et n'en avoit le loup ravi pas une, et si
estoient en meilleur poinct et plus grasses que
les ouailles. Mais néantmoins, afin que son mais=
tre eust de tant plus affection de le marier où il
vouloit, il employoit toute la peine, soing et di=
ligence qu'il lui estoit possible à les engraisser
encore davantage, les menant aux champs dès
le plus matin, et ne les en ramenant qu'il ne
fust bien tard, les faisant boire deux fois le jour,
et cherchant les endroicts où il y avoit mieulx à
pasturer pour elles : oultre ce, il treuva moyen
d'avoir des battes neufves, force tirouers à tirer
les chevres, et des esclisses plus grandes qu'il
n'avoit; et estoit si soingneux de ses chevres,
qu'il leur oignoit les cornes afin qu'elles fussent
reluisantes, et leur peignoit le poil; brief, on eust
dict proprement, à les veoir, que c'estoit le trou=
peau mesme du Dieu Pan. Chloé en portoit la
moitié de la peine, et, oubliant ses brebis, estoit
la pluspart du temps embesongnée après les
chevres, tellement que Daphnis estimoit qu'elles

sembloient belles principalement pourceque
Chloé y mettoit la main.

Mais en ces entrefaictes il vint un second
messager de la ville, qui commanda que l'on
feist les vendanges le plustost que l'on pourroit,
et dit qu'il avoit charge de demourer là jusques
à ce que le vin fust faict et entonné, pour puis
après retourner en la ville querir son maistre.
Chacun s'efforçoit de faire la meilleure chere
que l'on pouvoit à ce second messager, qu'on
appelloit Eudrome, pourcequ'il estoit laquets,
et estoit son mestier de courir çà et là où on
l'envoyoit.

Si se mirent à faire les vendanges en toute
diligence; de sorte qu'en peu de jours le vin fut
entonné dedans les vaisseaux, et l'on garda une
quantité des plus beaux et plus frais raisins pen=
dants aux branches de la vigne, pour ceux qui
devoient venir de la ville, afin qu'ils sentissent
quelque partie du plaisir des vendanges, et qu'ils
pensassent y avoir esté.

20

Quand ce laquets Eudrome fut près de s'en
retourner à la ville, Daphnis lui feit don de plu=
sieurs choses, mesmement de ce que peut don=
ner un chevrier, comme de bons fromages, d'un
petit chevreau, d'une peau de chevre blanche,
ayant le poil fort long, pour mettre dessoubs
lui quand on l'envoyoit l'hiver aux champs :
dont le laquets fut fort aise, et baisa Daphnis,
en lui promettant qu'il diroit tous les biens du
monde de lui à leur maistre. Ainsi s'en alla le
laquets bien affectionné en leur endroict.

Daphnis demoura, traictant ses bestes en
grand soing et grande sollicitude avec Chloé,
qui de sa part n'avoit pas moins de peur aussi,
pourceque c'estoit un jeune garson qui n'avoit
jamais rien veu, sinon ses chevres, la montai=
gne où elles pasturoient, les gens de son village,
et Chloé ; et devoit bientost veoir son maistre,
qu'il n'avoit jamais veu, et duquel il n'avoit
oncques ouï le nom avant ceste heure-là.

Chloé se soulcioit aussi comment Daphnis

parleroit à ce maistre; et estoit en grand esmoi
touchant leur mariage, ayant peur qu'il ne s'en
allast comme un songe en fumée: tellement que
pour ces pensements leurs ordinaires baisers
estoient meslés de crainte, et leurs embrasse=
ments soulcieux, comme si jà leur maistre eust
esté présent, ou comme s'ils eussent eu peur
qu'il n'en apperceust quelque chose.

Eux estant en ceste transe, encore leur sur=
vint-il un aultre malheur. Il y avoit là auprès
un bouvier nommé Lampis, maulvais homme,
oultrageux et présomptueux, qui pourchassoit
aussi avoir Chloé à mariage; et ayant senti le
vent que Daphnis la devoit espouser, moyen=
nant que le maistre en fust content, chercha les
moyens de faire que le maistre fust fort cour=
roucé à eux; et sçachant qu'il prenoit très grand
plaisir à son verger, deslibéra de le gaster et
diffamer le plus qu'il pourroit. Or s'il se fust
mis à couper les arbres, il eust peu estre sur=
prins par le son de sa cognée, et pourtant s'ar=

resta-t-il à la résolution de gaster et froisser
toutes les fleurs : si attendit que la nuict fust
venue, puis passa par-dessus la haie, et s'en alla
arracher, fouller, rompre et froisser tout ce
qu'il peut, comme feroit un sanglier. Cela faict,
il se retira secrettement, sans que personne l'ap=
perceust.

Lamon, le lendemain matin, entrant au
verger pour mettre l'eau de la fonteine dedans
les carreaux de fleurs, veit toute la place si oul=
trageusement villenée, qu'un ennemi, venant à
propos desliberé pour tout gaster, n'y eust sceu
pis faire : si deschira incontinent sa jaquette,
et s'escria à haulte voix, disant, Ô Dieux! si
fort que Myrtale, laissant ce qu'elle avoit en
main, s'en courut vistement vers lui; Daphnis,
qui avoit jà mené ses bestes aux champs, ayant
ouï le bruit, s'en recourut aussi à la maison : et
voyant ce grand désarroi, se prindrent tous à
crier, et, en criant, à larmoyer.

Si n'estoit pas de merveille que eux, qui re=

doubtoient l'ire de leur seigneur, en plorassent;
car un estranger à qui le faict n'eust point tou=
ché en eust bien ploré, de voir un si beau
lieu ainsi despouillé de sa beauté, et toute la
terre gourfoullée, sinon en certains endroicts,
où la malice de l'envieux n'avoit point touché,
par lesquels on pouvoit juger quelle avoit esté
la singularité de tout le reste, estant en son
entier : car bien que tout y fust renversé sens
dessus dessoubs, encore appercevoit-on bien
qu'il avoit esté aultrefois beau ; les abeilles
volletoient alentour en murmurant continuel=
lement, comme si elles eussent lamenté ce
degast ; et Lamon tout esploré disoit telles
parolles :

Hélas ! comment ! mes rosiers sont rompus !
comment ! mes violiers sont foullés ! mes hyacin=
thes et mes narcisses sont arrachés ! c'a bien esté
quelque meschant ou maulvais homme qui me
les a ainsi mal accoustrés ! le printemps revien=
dra, et ceci ne fleurira point ! l'esté retournera,

et il n'y aura point ici de fruict! l'automne re=
commencera, et il n'y aura en ce verger point
de fleurs, pour faire un bouquet seulement! Et
toi, sire Bacchus, n'as-tu point eu de pitié de
ces pauvres fleurs, que l'on a ainsi, tout auprès
de toi, devant tes yeux, diffamées, desquelles
je te mettois souvent un chapelet sur la teste?
Comment monstrerai-je maintenant à mon mais=
tre son verger? que me dira-t-il quand il le verra
ainsi piteusement accoustré? ne fera-t-il pas pen=
dre ce malheureux vieillard, comme Marsyas, à
l'un de ces pins? Si fera, et à l'adventure Daphnis
aussi quand et quand, pensant que ce aura esté
par sa faulte, parcequ'il n'aura pas esté assez
soingneux de bien garder ses chevres.

Ces regrets et lamentations de Lamon les
feirent encore plorer plus chauldement, pource=
qu'ils desploroient non seulement le gast du
jardin, mais aussi le danger de leurs personnes.
Chloé lamentoit son pauvre Daphnis, s'il falloit
qu'il fust pendu, et prioit aux Dieux que ce

maistre qu'ils avoient tant desiré ne vinst point;
et lui estoient les jours bien longs et pénibles à
passer, cuidant jà veoir devant ses yeux com=
ment l'on fouetteroit le pauvre Daphnis.

Sur le soir arriva de rechef le laquets Eu=
drome, lequel apporta nouvelles que leur vieil
maistre viendroit dedans trois jours, mais que
le jeune, qui estoit son fils, viendroit le lende=
main. Si commencerent à consulter entre eux
ce qu'ils avoient à faire touchant cet inconvé=
nient, et appellerent à ce conseil Eudrome,
lequel, voulant beaucoup de bien à Daphnis, fut
d'opinion qu'ils déclarassent à leur jeune mais=
tre la chose tout ainsi comme elle estoit adve=
nue; et si leur promit qu'il leur aideroit; ce
qu'il pouvoit bien faire, estant à la grace de son
maistre à cause qu'il estoit son frere de laict.

Et le lendemain feirent ce qu'il leur avoit
conseillé; car Astyle, qui estoit le fils du maistre,
arriva le lendemain, accompaigné d'un sien
plaisant, nommé Gnathon, qu'il menoit quand

et lui, pour lui faire passer le temps. Astyle
estoit un jeune homme à qui la barbe ne faisoit
que commencer à poindre, et Gnathon jà de
long-temps avoit accoustumé de la raser.

Sitost que ce jeune maistre fut arrivé, Lamon,
Myrtale et Daphnis se jetterent à genoux de=
vant ses pieds, le suppliant d'avoir pitié du pau=
vre vieillard, et le garantir de la fureur et cour=
roux de son pere, attendu qu'il ne pouvoit mais
de l'inconvénient; et, quand et quand, lui con=
terent ce que c'estoit. Astyle en eut pitié, et en=
trant dedans le verger, et ayant veu le gast,
promit qu'il les excuseroit envers son pere, et
en prendroit la coulpe sur lui, disant que c'au=
roit esté ses chevaulx qui, s'estant destachés,
auroient ainsi tout rompu, foullé, froissé et
arraché ce qui estoit le plus beau dedans le
jardin.

Pour ceste benigne response, Lamon et Da=
phnis feirent prieres aux Dieux de lui octroyer
l'accomplissement de ses desirs. Mais Daphnis

lui apporta davantage de beaux présents, comme
des chevreaux, des fromages, des oiseaux avec
leurs petits, des moissines de raisins, des
pommes tenant encore aux branches, et oultre
cela du bon vin nouveau de Metelin. De quoi
Astyle lui sceut fort bon gré ; et, en attendant
son pere, se delectoit de chasser aux lievres,
comme un jeune homme de bonne maison qui
ne cherchoit que nouveaux passe-temps, et qui
estoit là venu pour prendre l'air des champs.

Mais Gnathon estoit un gourmand, qui ne
sçavoit aultre chose faire que manger et boire
jusques à s'enivrer : lequel ayant veu Daphnis
quand il apporta ses présents, fut incontinent
feru de son amour ; car, oultre ce qu'il estoit de
nature vicieux, aimant les garsons, il vit en
Daphnis une beauté si exquise, qu'à peine en
eust-il sceu treuver de pareille en la ville. Si
proposa en lui-mesme de l'accoincter, espérant
facilement en venir à bout.

Ayant résolu cela en son entendement, il ne

voulut point aller à la chasse quand et Astyle,
ains s'en alla aux champs où Daphnis gardoit
ses bestes, faisant semblant que c'estoit pour
veoir les chevres ; mais, à la vérité, c'estoit
pour veoir le chevrier. Et pour essayer à le gai=
gner, si commença à lui louer ses chevres, et
le pria de jouer de sa fluste quelques chansons
de chevrier, en lui promettant que de brief il
le feroit affranchir et lui donner liberté, atten=
du qu'il avoit tout pouvoir et crédit envers son
maistre.

Quand il crut s'estre rendu ce jeune garson
obéissant, il espia le soir sur la nuict, ainsi qu'il
ramenoit son troupeau au tect, et, accourant à
lui, le baisa premierement, puis lui dit qu'il
se prestast à lui en la mesme posture que les
chevres avec les boucs.

Daphnis fut long-temps qu'il n'entendoit
point ce qu'il vouloit dire : mais à la fin il lui
respondit que c'estoit bien chose naturelle que
le bouc montast sur la chevre ; mais qu'il n'a=

voit oncques veu qu'un bouc saillist un aultre
bouc, ne que les beliers montassent l'un sur
l'aultre, ne les cocqs aussi, au lieu de couvrir
les brebis et les poulles.

Non pour cela, Gnathon lui mit la main
sur le collet pour tascher à le forcer. Mais
Daphnis le repoussa si rudement, avec ce qu'il
estoit si ivre qu'à peine se pouvoit-il soustenir
sur ses pieds, qu'il le feit tomber à la renverse,
et s'en fouit, laissant son homme couché tout de
son long par terre, ayant à faire de quelqu'un
qui lui aidast à se relever.

Daphnis, de là en avant, ne s'approcha plus
de lui, ains mena tous les jours ses chevres,
tantost en un endroict, et tantost en un aultre,
le fouyant autant comme il cherchoit Chloé.

Gnathon mesme ne l'alloit plus poursuivant,
ayant esprouvé qu'il estoit fort et roide jeune
garson ; ains chercha occasion propre pour en
parler à Astyle, espérant que le jeune homme
lui en feroit don, pourcequ'il se promettoit qu'il

vouloit beaucoup pour lui. Toutefois pour ceste
heure-là il ne peut pas; car Dionysophanes le
pere et sa femme Cléariste arriverent, et y avoit
parmi la maison grand tumulte de chevaux, de
varlets, d'hommes et de femmes : mais depuis
le treuvant à part, il lui feit une harengue de
son amour.

Or Dionysophanes avoit jà les cheveux à
demi blancs; mais au demourant il estoit beau
et grand homme, et qui, de la disposition de
sa personne, eust tenu bon aux plus roides
jeunes hommes : c'estoit un des plus riches de
la ville, et des plus hommes de bien. Le pre=
mier jour qu'il arriva, il sacrifia à tous les Dieux
des champs, à Cérès, à Bacchus, à Pan et aux
Nymphes, et feit le festin à toute sa famille : les
jours ensuivants il alla veoir le labourage de
Lamon; et, voyant les terres bien cultivées, et
les vignes aussi, le verger beau au demourant,
car Astyle avoit prins sur lui le gast des fleurs
et du jardinage, il fut fort joyeux de treuver

tout en si bon ordre ; et louant Lamon de sa di=
ligence, lui promit que bientost il lui donneroit
sa liberté.

Cela veu, il alla veoir aussi les chevres et le
chevrier qui les gardoit. Mais Chloé, ayant peur
et honte tout ensemble de si grande compai=
gnie qui venoit quand et lui, s'en fouit cacher
dedans le bois. Daphnis ne bougea, ains se pré=
senta, ayant sur son dos une peau de chevre à
long poil, et une pannetiere neufve en escharpe
à son costé, et tenant en l'une de ses mains de
beaux fromages tout frais faicts, et en l'aultre
deux beaux chevreaux qui tettoient encore. Le
faisoit si bon veoir, que si jamais Apollon,
comme l'on dit, garda les bœufs de Laomedon,
il estoit tel que Daphnis estoit lors. Et quant à
lui, il ne dit mot, ains s'inclinant seulement
devant le maistre, lui offrit ces présents.

Et adonc Lamon print la parole, et dit :
C'est celui, mon maistre, qui garde vos che=
vres. Vous m'en baillastes cinquante, avec deux

boucs, et il vous en a faict cent, et dix boucs :
voyez-vous comment elles sont grasses et bien
vestues, et qu'elles ont les cornes entieres et
belles? Il leur a enseigné à entendre la music=
que, tellement qu'elles font tout ce que l'on
veult, en oyant le son de la fluste.

Cléariste, qui estoit là présente, eut envie
d'en veoir l'expérience; si commanda à Daphnis
qu'il jouast de sa fluste, ainsi qu'il avoit accous=
tumé quand il vouloit faire faire quelque chose
à ses chevres, et lui promit, s'il flustoit bien,
de lui donner une jaquette, un manteau et des
souliers.

Adonc Daphnis se dressant en pieds soubs le
fousteau, toute la compaignie estant en rond
autour de lui, tira sa fluste de sa pannetiere :
et premierement souffla un bien peu dedans;
et soudain ses chevres leverent toutes la teste :
puis sonna le chant auquel il avoit accoustumé
de les faire pasturer; et adonc mettant le nez
en terre, se prindrent toutes à paistre : après il

leur sonna un certain chant mol et doulx; et
incontinent elles se coucherent toutes à terre :
il en sonna un aultre hault et agu; et elles s'en
fouirent vistement cacher dedans le bois, comme
si elles eussent veu le loup : tost après il leur
sonna un son de rappeau ; et adonc, sortant
toutes du bois, elles se vindrent rendre à ses
pieds. Varlets ne sçauroient estre plus obéis=
sants au commandement de leurs maistres,
qu'elles estoient au son de sa fluste : de quoi
tous les assistants furent fort esbahis, spéciale=
ment Cléariste, laquelle jura qu'elle donneroit
ce qu'elle avoit promis au gentil chevrier, qui
estoit si beau, et qui sçavoit si bien jouer de la
fluste.

Sitost qu'ils furent retournés au logis, ils se
mirent à soupper, et envoyerent à Daphnis de ce
qui leur fut servi à table. De quoi il feit bonne
chere avec Chloé, estant bien aise de manger
de si bonne viande, accoustrée à la façon de la
ville; et au reste ayant bonne espérance de par=

venir au mariage de son amie, du gré et consen=
tement de ses maistres.

Mais Gnathon, s'estant enflammé davantage
par ce qu'il avoit veu faire à Daphnis, faisant son
compte qu'il ne vivroit jamais à son aise s'il n'en
jouissoit à son plaisir, alla treuver Astyle, qui
se pourmenoit dedans le verger; et le mena de=
dans la chapelle de Bacchus, là où il lui baisa
les pieds et les mains. Astyle lui demanda pour
quelle cause il faisoit cela, et que c'estoit qu'il
vouloit dire.

Mon maistre, dit-il, le pauvre Gnathon s'en va
mourir : car jusques ici il n'a jamais rien aimé que
les bons morceaux, et ne treuvoit rien si beau
que le bon vin vieil, et lui sembloient vos cuisi=
niers plus beaux que tous les jeunes garsons de
Mitylene; mais maintenant il n'estime plus rien
beau que Daphnis, et ne prend goust quelconque
à tant de viandes exquises que l'on sert tous les
jours sur vostre table, ains deviendroit volon=
tiers chevre, brouttant de l'herbe et de la ramée

verdé aux champs , moyennant qu'il peust ouïr
le son de la fluste, et estre gardé par un si beau
chevrier. Si te prie que tu veuilles saulver la vie
à ton pauvre Gnathon , et le faire vainqueur
de l'amour invincible: aultrement je te jure par
ma mort qu'après avoir bien farci ma panse de
viandes je me tuerai moi-mesme devant l'huis
de Daphnis; et ne m'appelleras plus le petit
Gnathon, comme tu soulois le faire en riant.

Le jeune homme, qui estoit de bonne nature,
ne peut souffrir de veoir plorer Gnathon et de
rechef lui baiser les mains et les pieds ; mesme=
ment qu'il avoit essayé que c'estoit de la destresse
d'amour : si lui promit qu'il le demanderoit à
son pere, et qu'il le meneroit à la ville pour
estre son serviteur. Et, pour lui en faire venir
encore plus d'envie, lui demanda en riant s'il
n'auroit pas de honte de baiser le fils d'un pay=
san tel que Lamon, et d'avoir couché à ses costés
un garson gardant les chevres : et en lui disant
cela il feit quand et quand une mine d'un

homme qui se refroigne pour sentir la maulvaise
odeur que sent un bouc.

Mais Gnathon, comme celui qui avoit sou=
vent ouï les propos d'amour qui se tiennent ès
tables des luxurieux, lui respondit : Celui qui
aime, ô mon cher maistre, ne s'embarrasse
point de tout cela; ainsi tel a aimé une plante,
tel aultre un fleuve, tel aultre une beste. Eh!
qui n'auroit pas pitié de celui qui, aimant beau=
coup, seroit obligé d'avoir de l'horreur pour ce
qu'il aime? Quant à moi, il est vrai que j'aime
un corps serf, mais où il y a une beauté digne
d'une franche et noble personne. Voyez-vous
comment sa perruque est belle; comment au
dessoubs des sourcils ses deux yeux estincel=
lent et reluisent ne plus ne moins qu'une belle
pierre précieuse bien mise en œuvre; comment
sa bouche est remparée de belles dents blan=
ches comme ivoire? Qui est celui si desnaturé
et esloingné d'amour, qui n'en desirast avoir
un baiser? Si j'ai mis mon amour en un pasteur,

j'ai en cela faict comme les Dieux : Anchises
gardoit les bœufs, et la Déesse Vénus le choisit
pour son ami ; Branchus paissoit les chevres, et
Apollo en fut amoureux ; Ganymedes estoit
berger, et Jupiter le ravit pour en avoir son
plaisir. Ne mesprisons point ce jeune garson,
auquel nous voyons que les chevres mesmes
sont ainsi obéissantes ; et remercions les aigles
de Jupiter, qui souffrent une telle beauté de=
mourer ici entre les hommes.

Astyle en cet endroict ne se peut plus conte=
nir de rire, disant qu'Amour, à ce qu'il voyoit,
rendoit les amants grands orateurs ; et depuis
chercha l'occasion d'en pouvoir à propos parler
à son pere.

Mais le laquets Eudrome ayant ouï, sans faire
semblant de rien, tous leurs devis, et estant
marri qu'une telle beauté fust abandonnée à
cet ivrogne pour en abuser à son désordonné
plaisir, l'alla incontinent conter à lui-mesme et
à Lamon.

Daphnis en fut tout esperdu de prime face,
desliberant prendre la hardiesse de s'en fouir
plustost avec Chloé, ou bien de mourir, si elle
vouloit mourir avec lui : et Lamon, appellant
sa femme Myrtale hors de la cour, lui com=
mencea à dire : Ma femme, nous sommes per=
dus ! le temps est venu qu'il nous faut descou=
vrir malgré nous ce que nous avions jusqu'ici
tenu couvert et secret ; les pauvres chevres sont
désolées et désertes, et tous nous aultres aussi :
mais, par le Dieu Pan et par les Nymphes, si
l'on me debvoit faire mourir, je ne me tairai
point de la fortune de Daphnis, ains dirai com=
ment je l'ai treuvé et nourri, et monstrerai ce
que j'ai treuvé quand et lui, afin que le mes=
chant Gnathon entende quel enfant il veult
gaster, le malheureux qu'il est. Prépare-moi
seulement ses joyaux et enseignes de reco=
gnoissance. Cela dict, ils rentrerent tous deux
au dedans du logis.

Astyle, treuvant son pere à propos, lui de=

manda permission d'emmener Daphnis quand
et lui à la ville, disant que c'estoit un trop gentil
garson pour le laisser aux champs, et que bien=
tost Gnathon lui auroit monstré toute la civilité
qu'il faut pour servir à la ville. Le pere lui oc=
troya bien volontiers; et faisant appeller Lamon
et Myrtale, leur cuida dire une bonne nouvelle,
que Daphnis, au lieu de garder les bestes, ser=
viroit de là en avant son fils Astyle en la ville,
et leur promit qu'il leur bailleroit deux aultres
chevriers au lieu de lui.

Adonc Lamon, estant jà tous les aultres ser=
viteurs accourus, bien joyeux de ce qu'ils espé=
roient avoir un tel compaignon avec eux, de=
manda à son maistre congé de parler : ce que
lui estant octroyé, il parla de ceste sorte:

Je vous prie, mon maistre, escoutez un pro=
pos véritable de ce pauvre vieillard; et je vous
jure, par les Nymphes et par le Dieu Pan, que
je ne vous mentirai pas d'un seul mot. Je ne
suis pas le pere de Daphnis, n'a esté ma femme

Myrtale si heureuse que de porter un tel enfant;
mais le pere et la mere, pourcequ'ils en avoient
à l'adventure assez d'aultres plus grands, expo=
serent cestui-ci petit enfant. Je le treuvai aban=
donné de pere et de mere, et allaicté par une
de mes chevres, laquelle j'ai enterrée dedans le
verger après qu'elle a esté morte de sa mort na=
turelle, l'ayant aimée pourcequ'elle avoit faict
œuvre de mere envers cet enfant : je treuvai
quand et quand des joyaux que l'on avoit ex=
posés avecque lui pour une fois le recognoistre;
je le confesse et les garde, car ce sont marques
auxquelles on peut cognoistre qu'il est issu de
bien plus hault estat que le nostre. Or ne suis=
je point marri qu'il devienne varlet de vostre
fils Astyle; car ce sera à un beau et bon maistre
un beau et bon serviteur : mais je ne sçaurois
souffrir qu'il soit mené à la ville pour servir à
la vilenie de Gnathon, lequel le veult faire
emmener à Mitylene pour en abuser comme
d'une femme.

Lamon, ayant dict ces parolles, se teut, et espandit force larmes ; et Gnathon feit du cour= roucé, en le menaceant à battre. Mais Diony= sophanes, estonné de ce qu'il avoit ouï dire à Lamon, regarda Gnathon de travers, et lui com= manda qu'il se teust : puis interrogea de re= chef Lamon, lui enjoignant de dire vérité, sans aller contreuver des menteries pour cuider re= tenir Daphnis comme son fils. Lamon, persis= tant dans son dire, attesta tous les Dieux, et s'offrit à souffrir tout, s'il mentoit.

Dionysophanes adonc se print à examiner en lui-mesme ces parolles, estant sa femme assise auprès de lui : À quelle occasion auroit Lamon contreuvé ceci, veu que pour un chevrier je veulx lui en donner deux ? et comment est-ce qu'un rude paysan comme lui auroit inventé cela ? Car de prime face il ne lui sembloit pas du tout incroyable qu'un tel enfant ne peust bien estre né de ce vieillard et de sa pauvre femme. Si pensa qu'il n'estoit pas besoing d'y

songer davantage, et qu'il falloit promptement
veoir les enseignes de recognoissance, pour
cognoistre si elles monstroient qu'il fust issu,
comme il disoit, de plus hault estat que le sien.
Myrtale les alla incontinent querir dedans un
vieil sac auquel ils les gardoient soingneuse=
ment.

Sitost que Dionysophanes apperceut un petit
mantelet d'escarlate avec une boucle d'or, et
une petite espée à manche d'ivoire, il s'escria à
haulte voix, Ô Jupiter ! et appella sa femme
pour les veoir aussi. Sitost qu'elle les veit, elle
s'escria semblablement, en disant : Ô fatales
Déesses! ne sont-ce point ici les joyaux que nous
exposasmes avec nostre enfant, quand nous l'en=
voyasmes exposer par nostre servante Sophro=
syne ? Il n'y a point de faulte, ce sont ceux
mesmes. Mon mari, l'enfant est nostre : Da=
phnis est vostre fils, et garde les chevres de son
propre pere.

Ainsi qu'elle parloit encore, et que Dionyso=

phanes, jettant grande abondance de larmes de
la grande joie qu'il avoit, baisoit ces enseigne=
ments de recognoissance, Astyle, entendant que
Daphnis estoit son frere, posa vistement sa
robe, et s'en courut au berger pour le baiser le
premier. Daphnis le voyant venir à lui avec tant
de gens et si grand bruit, et cuidant que ce
fust pour le prendre, jetta sa fluste et sa pan=
netiere, et se mit à courir vers la mer pour se
jetter dedans du hault d'un rocher.

Et peut-estre Daphnis, fraischement retreuvé,
auroit-il enfin péri par ce cas estrange, si Astyle,
s'estant apperceu de la cause de sa fouite, ne lui
eust crié de tout loing : Arreste, Daphnis, n'aie
point de peur ; je suis ton frere, et ceux que tu
as pensé jusques ici estre tes maistres sont tes
pere et mere. Lamon nous a maintenant conté
comment une chevre t'a nourri, et nous a mons=
tré les enseignes auxquelles on t'a recogneu ;
regarde seulement en te retournant vers nous
comment chacun va après toi en riant. Mais

viens-moi baiser le premier ; je te jure par les
Nymphes que je ne te mens point.

À peine s'arresta Daphnis quand il eut ouï ce
serment, et attendit Astyle qui accouroit, les
bras tendus, pour l'embrasser et le baiser. Ce=
pendant les serviteurs et chambrieres de la mai=
son, le pere mesme et la mere, accoururent,
qui l'embrasserent et le baiserent en plorant de
joie : et lui de son costé feit aussi principale=
ment feste à son pere et à sa mere, comme s'il
les eust jà de long-temps cogneus, et les tint
embrassés fort longuement. À peine les pou=
voit lascher, tant la nature se fait croire aisé=
ment ; de sorte qu'il oublia presque Chloé, tant
il fut espris de joie et de liesse. Si le remena=
l'on au logis, et lui bailla-l'on une belle et riche
robe neufve. Puis estant vestu fut assis joignant
son pere, qui lui commencea un tel propos :

Mes enfants, je fus marié bien jeune, et
après quelque temps devins pere bien heureux,
comme il me sembloit pour lors : car le pre=

mier enfant que ma femme feit fut un fils; le
second, une fille; et le troisieme fut Astyle. Je
pensai en avoir assez de ces trois, et fei exposer
cestui petit enfant de maillot, qui estoit venu
après tous, avec ces joyaux que je lui baillai,
non pas en intention de le retreuver et le re=
cognoistre un temps à venir, mais afin que celui
qui le treuveroit eust de quoi l'ensevelir. Toute=
fois fortune en avoit aultrement disposé; car
mon fils premier né et ma fille moururent tous
deux d'une mesme maladie et en un mesme
jour; et toi, mon fils, par la bonne providence
des Dieux, es eschappé, à celle fin que nous
eussions plus de support en nostre vieillesse.
Si te prie, mon fils Daphnis, que tu n'aies point
de mal-talent encontre moi pourceque je t'ai
faict exposer; car je ne l'ai point faict volontai=
rement. Et toi, Astyle, ne sois point marri de
ce que tu n'auras que la moitié de ma succes=
sion, là où tu espérois avoir le tout; car, tout
bien considéré, il n'y a héritage au monde qui

vaille un bon frere. Pourtant aimez-vous l'un
l'aultre; car quant aux biens, vous en avez assez,
voire pour estre comparés aux plus riches de ce
pays. Je vous laisserai grandes terres, grand
nombre de serfs qui sçavent tous quelque mes=
tier, de l'or, de l'argent, et tous aultres meubles
autant qu'en sçauroient avoir ceux que l'on
estime bien heureux. Mais je veulx que Daphnis
en son partage ait entre aultres choses cet héri=
tage-ci, et que Lamon et Myrtale soient à lui,
et les chevres aussi qu'il souloit mener paistre.

Comme il parloit encore, Daphnis saulta en
pieds, et dit : Vous m'en avez faict souvenir
tout à poinct, mon pere; je m'en vois mener
boire mes chevres, lesquelles endurent grande
soif, et sont maintenant quelque part à attendre
le son de ma fluste, pendant que je suis ici à
ne rien faire. Toute l'assistance se print à rire
à bon escient de ce que Daphnis, estant devenu
maistre, cuidoit encore estre varlet : mais on
envoya quelque aultre pour gouverner et traic=

ter ses chevres , et feit-on préparer au logis le
sacrifice et le festin en l'honneur de Jupiter
Saulveur.

Mais Gnathon ne s'osa treuver au banquet,
ains demoura tout le long du jour caché en la
chapelle de Bacchus, tenant l'autel comme un
suppliant qui s'en fouit en franchise, pour la
peur qu'il avoit de Daphnis.

Le bruit fut incontinent espandu par-tout
que Dionysophanes avoit retreuvé et recogneu
un sien fils, et que Daphnis le chevrier estoit
devenu seigneur et maistre de ses chevres et de
tout l'héritage : à l'occasion de quoi tous les voi=
sins paysans y accoururent de toutes parts, les
uns pour se conjouir avec Daphnis de la bonne
fortune qui lui estoit advenue, les aultres pour
faire quelques présents à son pere.

Le premier qui y vint entre les aultres fut
Dryas, le nourricier de Chloé : et Dionysopha=
nes les retint tous pour estre au festin ; car il
faisoit apprester force pain , force vin et force

viande, des oiseaux de mer, de petits cochons
de laict, et force moutons que l'on avoit immo=
lés aux Dieux patrons et protecteurs du pays.

Daphnis, d'aultre costé, amassa tous les meu=
bles qu'il avoit pendant qu'il gardoit les bestes,
et les distribua tous aux Dieux : premiere=
ment, il donna à Bacchus sa pannetiere et sa
peau de chevre aussi ; puis feit offrande de
sa fluste à Pan ; il dédia sa houlette aux Nym=
phes, avec les tirouers à tirer les chevres, qu'il
avoit faicts lui-mesme. Mais en faisant chacune
offrande il ne se pouvoit tenir de plorer pour=
cequ'il se dessaisissoit des meubles à quoi il
avoit prins si grand plaisir : tant est plus doulx
un estat, pour petit qu'il soit, quand on l'a ac=
coustumé, qu'une félicité non accoustumée. De
sorte que, quand il vint à offrir ses tirouers, il
voulut encore premierement y tirer ses chevres,
et ne donna point sa pelisse de peau de chevre
qu'il ne l'eust encore un coup vestue, ni sa fluste
qu'il n'en eust joué ; et si les baisa tous en les

donnant, et dit adieu à ses chevres, et appella
les boucquins par leurs noms, et bien souvent
se desroba pour aller boire de l'eau de la fon=
teine dont il avoit beu si souvent avec Chloé.
Mais il n'osoit encore descouvrir son amour,
attendant quelque occasion propre pour ce
faire.

Or, cependant que Daphnis estoit après ces
oblations et sacrifices, voici comment il alla de
Chloé : la pauvre fille estoit seulette aux champs,
assise en gardant ses moutons, et ploroit chaul=
dement, en disant ce qu'il est vraisemblable que
peut dire une pauvre bergerotte comme elle :
Daphnis m'a oubliée; il prétend maintenant à
quelque riche mariage. Pourquoi lui ai-je faict
jurer ses chevres, au lieu des Nymphes? il les
a deslaissées aussi-bien comme moi, et n'a
point eu de desir de veoir Chloé, en sacrifiant
aux Nymphes et à Pan : il a, par adventure,
treuvé avec sa mere de plus belles chambrie=
res que moi. Hé bien! de par Dieu, bon prou

lui fasse ! mais quant à moi, je ne sçaurois plus
vivre.

Ainsi qu'elle pensoit et disoit telles choses, le
bouvier Lampis avec quelques aultres rustaux
de village la vindrent enlever, espérant que
Daphnis ne penseroit plus à l'espouser, et que
Dryas, ayant de l'amitié pour lui, la lui donne=
roit volontiers pour sa femme. La pauvre fille
crioit piteusement tant qu'elle pouvoit, ainsi
comme on l'emportoit; et quelqu'un qui veit
ceste violence s'en courut vistement en adver=
tir Napé; et elle, Dryas; et Dryas, Daphnis,
lequel à peine qu'il ne sortist du sens, car il ne
l'osoit descouvrir à son pere, et si ne pouvoit
supporter un tel oultrage.

Si se retira dedans le verger; et là, se pour=
menant tout seul, feit ses regrets et ses plain=
tes en ceste sorte : Ô malheureux que je suis
d'avoir retreuvé mes parents! Hélas! combien
m'eust esté meilleur de garder les bestes aux
champs! Combien plus estois-je content, lors-

qu'estant serf je voyois Chloé à mon aise! Et
maintenant Lampis, qui l'a ravie, s'en va à tout;
puis, quand la nuict sera venue, il couchera
avec elle, cependant que je m'amuse ici à boire
et à faire bonne chere! J'ai doncques en vain
juré mes chevres, le Dieu Pan, et les Nymphes!

Or Gnathon, qui estoit caché dedans la cha=
pelle du verger, entendit clairement ces com=
plaintes de Daphnis; et, pensant que c'estoit
une bonne occasion pour faire sa paix avec lui,
print quelques jeunes varlets d'Astyle, et s'en
alla après Dryas, lui disant qu'il les conduisist
en la maison de Lampis, ce qu'il feit; et diligen=
terent si bien, qu'ils surprindrent Lampis ainsi
comme il ne faisoit que d'entrer en son logis
avec Chloé, laquelle il lui osta entre les mains
à force, et dola très bien les espaules de tous
les rustaux qui lui avoient aidé à faire ce rapt,
à grands coups de baston; puis voulut prendre
et lier Lampis pour l'amener prisonnier, mais
il se saulva de vistesse.

Gnathon, ayant faict un tel exploit, s'en re=
tourna qu'il estoit jà nuict toute noire, et treuva
Dionysophanes jà couché en son lict dormant;
mais le pauvre Daphnis veilloit, et estoit encore
dedans le verger, où il se desconfortoit et plo=
roit. Si lui amena Chloé, et, la lui livrant entre
ses mains, lui conta comme il avoit faict; le
priant au surplus de ne se vouloir point souve=
nir des parolles qu'il lui avoit dictes, ains le
tenir au nombre de ses serviteurs, et ne le vou=
loir point desbouter de sa table, sans laquelle
il lui seroit force de mourir de male-faim.

Daphnis voyant Chloé, et la tenant entre ses
bras, fut facile à faire appoinctement avec lui,
et feit ses excuses envers elle de ce qu'il pouvoit
sembler l'avoir oubliée : et, de commun consen=
tement, furent d'advis de ne point encore des=
clarer leur mariage; que Daphnis continueroit
de veoir Chloé en secret, et qu'il ne descouvri=
roit son amour qu'à sa mere.

Mais Dryas ne le permit point, ains le voulut

dire lui-mesme au pere de Daphnis, se faisant
fort de lui faire bien accorder. Si print le len=
demain, aussitôt qu'il fut jour, les enseignes de
recognoissance qu'il avoit treuvées avec Chloé,
et s'en alla vers Dionysophanes, qu'il treuva
dedans son verger assis avec Cléariste sa femme,
et ses deux enfants Astyle et Daphnis; si lui
commencea à dire :

Nécessité me contraint de vous déclarer,
sire, un pareil secret que celui de Lamon, le=
quel je n'ai encore dict à personne; c'est que je
n'ai engendré ne nourri le premier ceste jeune
fille Chloé; aultre que moi l'a engendrée, et l'une
de mes brebis l'a allaictée dedans la caverne
des Nymphes, où elle avoit esté exposée, et là
où je l'ai moi-mesme treuvée, et depuis nour=
rie et eslevée jusques ici. Sa beauté tesmoigne
assez qu'elle n'est point ma fille, car elle ne res-
semble ne à moi ne à ma femme : aussi font les
enseignes de recognoissance que je treuvai avec
elle, lesquelles sont plus riches que ne porte

l'estat d'un pauvre pasteur. Voyez-les, et cher=
chez ceux qui sont ses vrais parents, pour veoir
si elle seroit point sortable pour femme de
Daphnis.

Dryas ne jetta point ceste parolle en vain, ni
Dionysophanes ne la y receut pas aussi ; ains,
prenant garde au visage de Daphnis, et le voyant
changer de couleur et se destourner pour plo=
rer, cogneut bien incontinent qu'il y avoit des
amourettes entre eux deux ; et estant soingneux
de son fils plus que de la fille d'aultrui, examina
le plus diligemment qu'il peut la parolle de
Dryas. Et quand encore il eut veu les marques
de recognoissance qui avoient esté exposées
avec elle, c'est à sçavoir des patins dorés, des
chausses brodées, et une coëffe d'or, adonc ap=
pella-t-il Chloé, et lui dit qu'elle feist bonne
chere, pourceque jà elle avoit treuvé un mari,
et bientost après treuveroit son vrai pere et sa
mere.

Cléariste dès-lors la print avec elle, la ves=

tit et accoustra comme femme de son fils.
Mais Dionysophanes appella Daphnis à part,
et lui demanda si elle estoit encore pucelle.
Daphnis lui jura qu'elle ne lui avoit rien esté
de plus près que du baiser, et du serment par
lequel ils avoient promis mariage l'un à l'aultre.
Dionysophanes se print à rire de ce serment,
et les feit tous deux disner avec lui.

Là eust-on peu clairement veoir combien un
bel accoustrement sert à naturelle beauté; car
Chloé estant richement vestue, proprement
coëffée, et monstrant au visage un teint de gaie
pensée, sembla à chacun si belle par-dessus le
passé, que Daphnis mesme à peine la recognois=
soit; et quiconque l'eust veue en tel estat n'eust
point faict de doubte d'affirmer par serment
qu'elle n'estoit point fille de Dryas, lequel tou=
tefois estoit à la table comme les aultres avec
sa femme Napé, et Lamon et Myrtale aussi.

Quelques jours après, on feit de rechef des
sacrifices aux Dieux pour l'amour de Chloé,

comme l'on avoit faict pour Daphnis, et feit-
on semblablement le festin de sa recognois=
sance. Et elle de son costé distribua ses meu=
bles de bergerie aux Dieux, sa pannetiere, sa
fluste, et les tirouers où elle tiroit les brebis;
et espandit, dedans la fonteine qui estoit en la
caverne des Nymphes, du vin, à cause qu'elle
avoit esté treuvée et nourrie auprès d'icelle fon=
teine, et sema des chapelets et bouquets de
fleurs sur la sépulture de la brebis, que Dryas
lui enseigna, et joua encore de sa fluste pour
resjouir ses brebis; faisant prieres aux Nym=
phes que ceux qui seroient treuvés ses natu=
rels parents fussent dignes d'estre alliés de
Daphnis.

Après qu'ils eurent faict assez de festes et de
bonne chère aux champs, ils deslibererent
de s'en retourner à la ville, afin de chercher
les parents de Chloé, pour ne differer plus les
nopces: par quoi dès le matin feirent trousser
tout leur bagage, et donner à Dryas encore

aultres trois cents escus, et à Lamon la moitié
des fruicts de toutes les terres et vignes qu'il
tenoit, les chevres avec leurs chevriers, quatre
paires de bœufs, des robes fourrées pour l'hiver,
et par-dessus tout cela liberté. Puis chemine=
rent vers Mitylene avec grand train de chevaux
et de chariots.

Or, ce jour-là, pourcequ'ils arriverent le soir
bien tard, les aultres citoyens de la ville n'en
sceurent rien. Mais le lendemain au plus matin,
le bruit en estant couru par-tout, il s'assembla
au logis de Dionysophanes grande multitude
d'hommes et de femmes ; les hommes pour
s'esjouir avec le pere de ce qu'il avoit retreuvé
son fils, mesmement après qu'ils eurent veu
comment il estoit beau et gentil ; et les femmes
pour s'esjouir aussi avec Cléariste de ce que non
seulement elle avoit recouvré son fils, mais aussi
treuvé une fille digne d'estre sa femme : car
Chloé les estonna toutes quand elles veirent en
elle une si parfaicte beauté, qu'il n'estoit pos=

sible d'en veoir une plus belle. Brief, toute la
ville ne parloit d'aultre chose que de ce jeune
fils et de ceste jeune fille, et disoit chacun que
l'on n'eust sceu choisir une plus belle couple.
Si prioient tous aux Dieux que la parenté de la
fille fust treuvée correspondante à sa beauté :
y eut plusieurs femmes de riches maisons qui
souhaiterent en elles-mesmes, et dirent : Pleust
aux Dieux que l'on pensast asseurément qu'elle
fust ma fille!

Mais Dionysophanes, après avoir quelque
espace de temps pensé à ses affaires, se rendor=
mit bien serré sur le matin ; et en dormant lui
vint un tel songe, qu'il lui fut advis que les Nym=
phes prioient Amour de parfaire et accomplir à
la fin le mariage qu'il leur avoit promis ; et
qu'Amour desbandant son petit arc, et le met=
tant à terre auprès de son carquois, commanda
à Dionysophanes qu'il envoyast le lendemain
semondre tous les plus gros et plus riches per=
sonnages de la ville pour venir soupper en son

logis ; et quand on seroit au dessert, qu'il feist
apporter sur la table les enseignes de recognois=
sance qui avoient esté treuvées avec Chloé, et
qu'il les monstrast à tous les conviés ; puis, cela
faict, qu'ils chantassent la chanson nuptiale de
Hymenée.

Dionysophanes, ayant eu ceste vision en dor=
mant, se leva de bon matin, et commanda à ses
gens que l'on preparast un beau festin, où il y
eust de toutes les plus delicates viandes que l'on
treuve, tant en terre qu'en mer, ès lacs et ès ri=
vieres, et envoya quand et quand prier de soup=
per chez lui tous les plus apparents de la ville.

Quand la nuict fut venue, que le banquet fut
achevé, l'on apporta sur table la coupe en la=
quelle on a accoustumé, à la fin du festin, de
boire en l'honneur de Mercure ; et lors un ser=
viteur de la maison apporta dedans un bacin
d'argent ces enseignes, et les monstra de rang
à chacun des conviés. Il n'y eut personne des
aultres qui les recogneust, fors un nommé

Megaclès, qui pour sa vieillesse estoit au bout
de la table, lequel, sitost qu'il les apperceut, les
recogneut incontinent, et s'escria tout hault :
Ô Dieux! que vois-je là! Ma pauvre fille, qu'es=
tu devenue? es-tu en vie? ou si quelque pasteur
a enlevé ces enseignes, qu'il a par fortune treu=
vées en son chemin? Je te prie, Dionysophanes,
de me dire dont tu les a recouvrées : n'aie point
d'envie que je treuve ma fille, comme tu as
retreuvé Daphnis.

Dionysophanes voulut premierement qu'il
contast devant la compaignie comment il avoit
faict exposer son enfant. Adonc le vieillard
Megaclès, d'une voix encore vigoureuse, se
print à dire :

Je me treuvai il y a quelque temps avec peu
de biens, pourceque j'avois despendu les miens
à faire jouer des jeux publics, et à faire esquip=
per des navires de guerre; et lorsque ceste perte
m'advint, il me naquit une fille, laquelle je ne
voulus point nourrir en la pauvreté où j'estois,

et pourtant la feis exposer avec ces marques de recognoissance, sçachant qu'il y a plusieurs gens qui, ne pouvant avoir des enfants naturels, desirent estre peres en ceste sorte, à tout le moins d'enfants treuvés. L'enfant fut portée en la caverne des Nymphes, et laissée en la protec= tion et saulve-garde d'icelles. Depuis, les biens me sont venus par chacun jour en grande affluence, et n'ai nul héritier de mon corps à qui je les puisse laisser, car depuis je n'ai pas eu l'heur de pouvoir avoir une fille seulement : mais les Dieux, comme s'ils se vouloient moc= quer de moi, m'envoient souvent des songes, lesquels me promettent qu'une brebis me fera pere.

Dionysophanes à ce mot s'escria encore plus fort que n'avoit faict Megaclès, et, se levant de la table, alla querir Chloé, qu'il amena vestue et accoustrée fort honnestement ; et la mettant entre les mains de Megaclès, lui dit : Voici l'enfant que tu as faict exposer, Megaclès ; une

brebis, par la providence des Dieux, te l'a nour=
rie, comme une chevre m'a nourri Daphnis.
Prends-la avecque ses enseignes, et, la prenant,
rebaille-la en mariage à Daphnis. Nous les
avons tous deux exposés, et tous deux les avons
retreuvés : ils ont esté tous deux nourris ensem=
ble, et tout de mesme ont esté reservés par les
Nymphes, par le Dieu Pan, et par Amour.

Megaclès s'y accorda incontinent, et envoya
querir sa femme, qui avoit nom Rhode, tenant
cependant tousjours sa fille Chloé entre ses bras;
et demourerent tous deux chez Dionysophanes
au coucher, pourceque Daphnis avoit juré qu'il
ne souffriroit emmener Chloé à personne, non
pas à son propre pere.

Et le lendemain au matin ils prierent tous les
deux leurs peres et meres qu'ils leur permissent
de s'en retourner aux champs, pourcequ'ils ne
se pouvoient accoustumer aux façons de faire de
la ville, et aussi qu'ils vouloient faire des nopces
pastorales; ce qui leur fût permis. Si s'en re=

tournerent au logis de Lamon, et presenterent
au bon homme Megaclès le nourricier de Chloé,
Dryas ; et sa femme Napé à la mere Rhode.

Le festin nuptial fut sumptueusement pré=
paré, et Megaclès de rechef devoua sa fille Chloé
aux Nymphes, et, oultre plusieurs aultres of=
frandes, leur donna les enseignes auxquelles
elle avoit esté recogneue, et donna encore bonne
somme d'argent à Dryas.

Dionysophanes, pourceque le jour estoit beau
et serein, feit dresser des tables dedans la ca=
verne mesme des Nymphes, et feit faire des
sieges de verde ramée, là où il festoya tous les
paysans de là alentour. Lamon et Myrtale y
estoient, Dryas et Napé, les parents de Dorcon,
les enfants de Philetas, Chromis et Lycænion ;
Lampis mesme y vint après qu'on lui eut par=
donné : et là, comme entre villageois, tout s'y
disoit et faisoit à la villageoise ; l'un chantoit les
chansons que chantent les moissonneurs au
temps des moissons; l'aultre disoit des brocards

que l'on a accoustumé de dire en foulant la
vendange; Philetas joua de sa fluste, Lampis
du flageolet: et ce pendant Daphnis et Chloé se
baisoient l'un l'aultre.

Les chevres mesmes paissoient là auprès
comme si elles eussent esté participantes de la
bonne chere des nopces; et Daphnis en appel=
lant aucunes par leurs propres noms, ce qui ne
plaisoit pas à ceux venus de la ville, leur don=
noit la feuillée verde à broutter, et les prenant
par les cornes les baisoit. Et non pas lors seule=
ment, mais en tout le reste de leur vie, passe=
rent le plus de temps et la meilleure partie de
leurs jours en estat de pasteurs : car ils acqui=
rent force troupeaux de chevres et de brebis,
eurent tousjours en singuliere reverence les
Nymphes et le Dieu Pan, et ne treuverent point
à leur goust de meilleure viande, ni plus savou=
reuse nourriture, que du fruict et du laict; et,
qui plus est, feirent tetter à leur premier en=
fant, qui fut un fils, une chevre; et au second,

Gérard, inv. del.   Godefroy, Sculp.

qui fut une fille, feirent prendre le pis d'une
brebis : et le nommerent Philopœmen, c'est-à-
dire, aimant les bergers ; et la fille, Agelée, qui
signifie prenant plaisir aux troupeaux. Mais
oultre tout cela feirent honorablement accous=
trer la caverne des Nymphes ; ils y dedierent de
belles images, et y édifierent un autel d'Amour
pastoral ; et à Pan, au lieu qui estoit à descou=
vert sous un pin, feirent faire un temple qu'ils
appellerent le temple de Pan le Guerroyeur.
Mais tout cela fut faict long-temps après.

Et ce jour-là, quand la nuict fut venue, tout
le monde les convoya jusques en leur chambre
nuptiale, les uns jouant de la fluste, les aultres
du flageolet, et aucuns portant des fallots et
flambeaux allumés devant eux. Puis quand ils
furent à l'huis de la chambre, commencerent à
chanter Hymenée d'une voix rude et aspre,
comme si avecque une marre ou un pic ils
eussent voulu fendre la terre.

Cependant Daphnis et Chloé se coucherent

nuds dans le lict, là où ils s'entrebaiserent et
s'entre-embrasserent, sans clore l'œil de toute
la nuict, non plus que chats-huants; et feit alors
Daphnis ce que Lycænion lui avoit apprins : à
quoi Chloé cogneut bien que ce qu'ils faisoient
paravant dedans le bois et emmi les champs
n'estoit que jeux de petits enfants.

FIN.

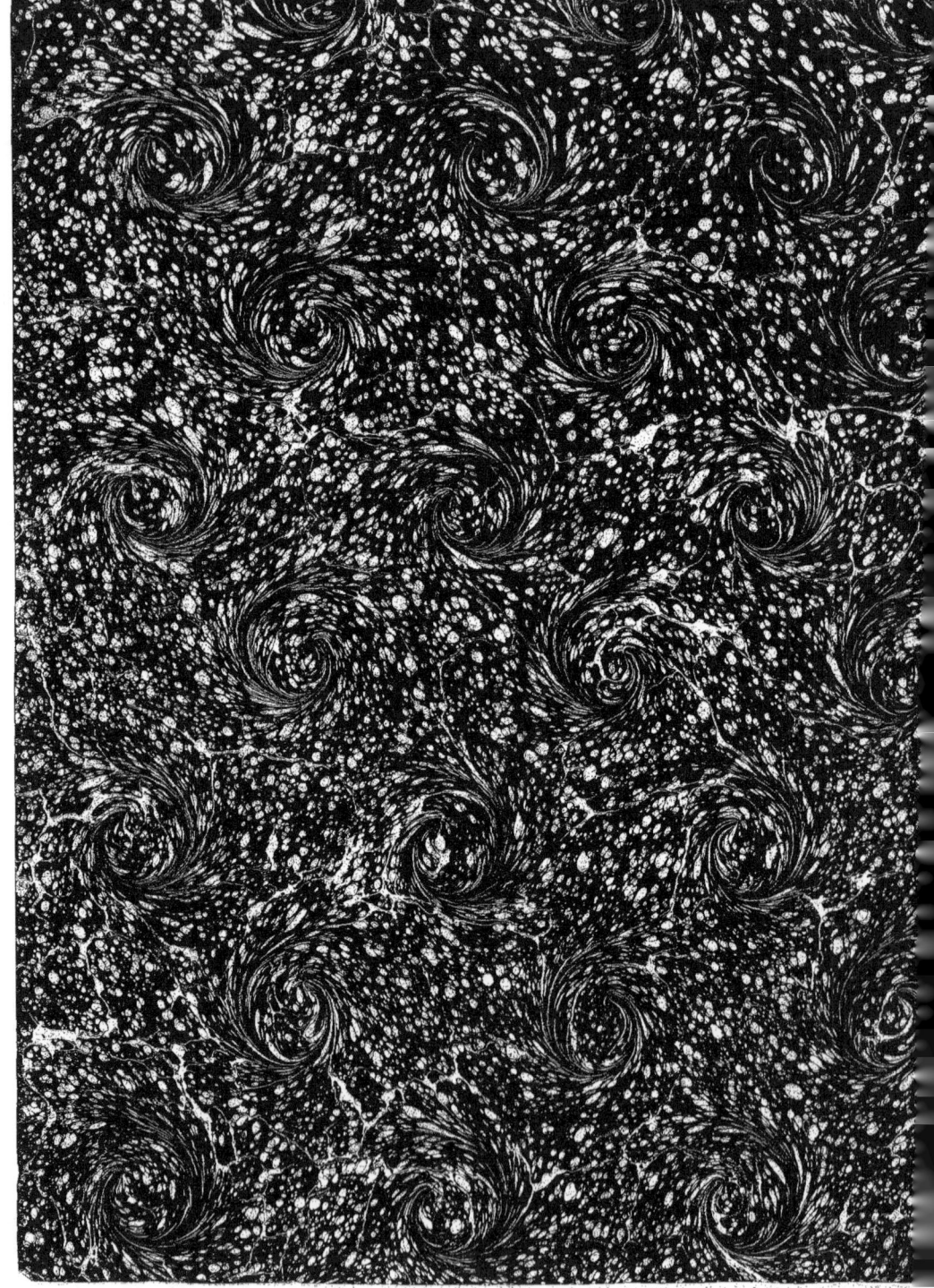

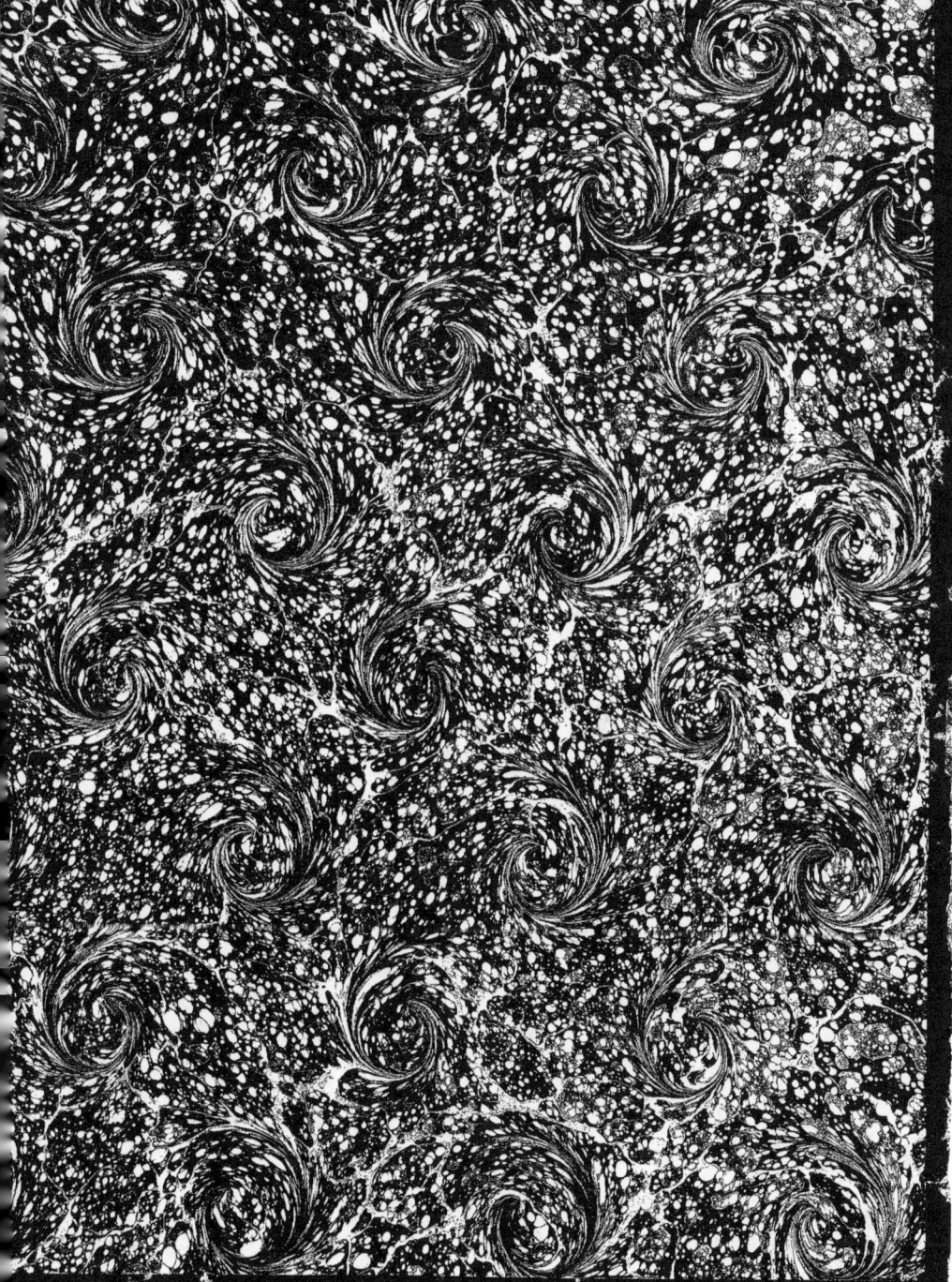

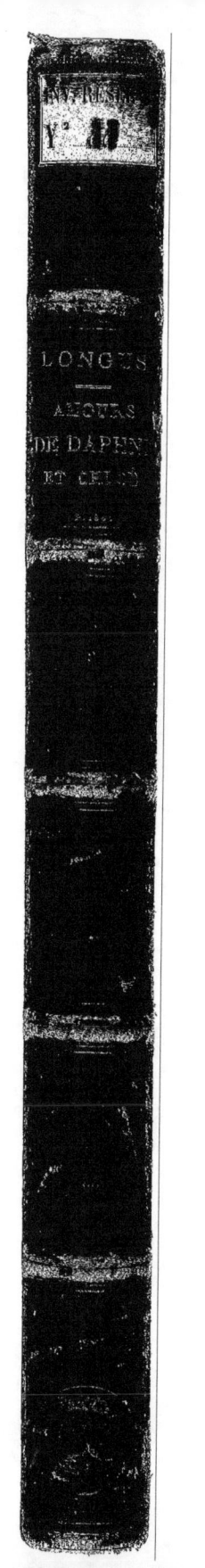